LE DOSSIER ARTEMIS FOWL

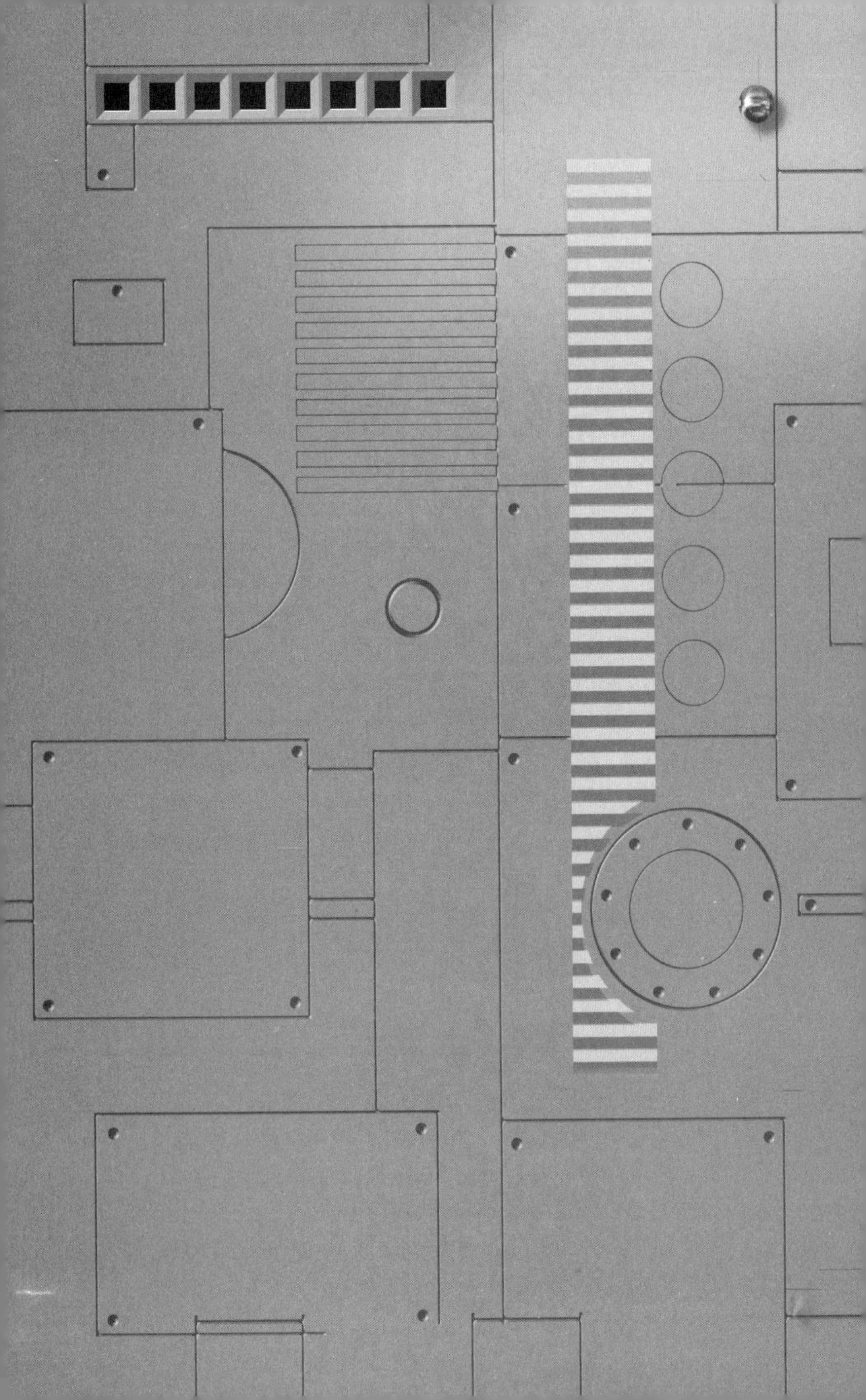

Eoin Colfer

Le dossier Artemis Fowl

traduit de l'anglais
par Julien Ramel

Gallimard Jeunesse

Titre original : *The Artemis Fowl files*

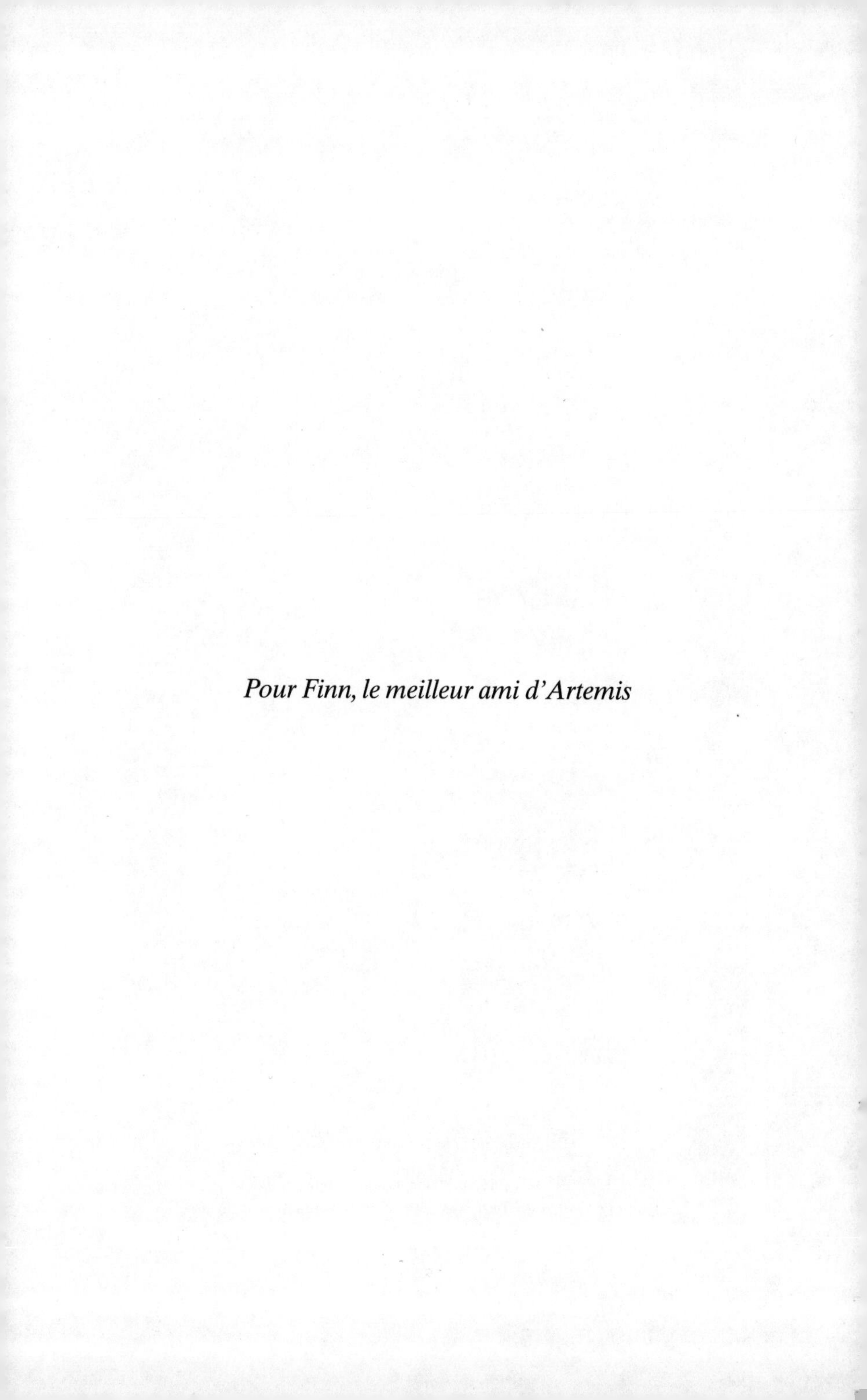

Pour Finn, le meilleur ami d'Artemis

SOMMAIRE

Sous la surface, dans le monde souterrain du Peuple des fées, le capitaine Holly Short est célèbre pour ses exploits au sein du commando des FARfadet. Pourtant, la carrière de cette jeune elfe intrépide n'a pas toujours été trépidante. Comme tous les officiers des FAR, elle a débuté sa carrière à la circulation. Voici l'histoire de son initiation au rang de capitaine ou comment elle est devenue la première femme officier à servir sous les ordres du commandant Julius Root.

Les FARFADET

Forces Armées de Régulation

Fées Aériennes de DETection

Chapitre I

Poussée d'Arachnée

PORT DE SYDNEY, AUSTRALIE

– Voyez-vous, major Evergreen, le problème avec la douleur, c'est que ça fait mal, plaisanta l'elfe au visage de vieillard en posant un petit coffre de bois sur la table.

Evergreen était encore trop groggy pour goûter les tautologies. Quelle que fût la substance avec laquelle l'étranger avait chargé sa fléchette, son organisme mettait un temps fou à s'en remettre.

– Qu'... est-ce... que... ? Pourquoi... Est-ce... que... ?

Impossible d'arracher une phrase entièrement articulée aux brumes de son cerveau.

– Du calme, major, conseilla le ravisseur. Ne luttez pas contre le sérum, cela ne ferait qu'aggraver votre état.

– Sér... um ? marmonna le major dans un souffle.

– Un mélange de mon invention. Comme je ne

dispose plus de magie, je dois me contenter de ce que peut m'offrir la nature. Heureusement, elle est pleine de ressources. Le sérum en question est constitué d'un mélange, à parts égales, de fleurs de ping-ping et de venin de cobra. Pas mortel, à faible dose. Mais un puissant sédatif tout de même.

La peur, comme un tisonnier chauffé au rouge s'enfonçant dans la neige, troua l'épais brouillard mental dans lequel l'officier des Forces Armées de Régulation était plongé.

– Qui êtes-vous ?

Une grimace enfantine se dessina sur les traits atrocement ridés de l'étranger.

– Vous pouvez m'appeler capitaine. Vous ne me reconnaissez pas, major ? Bon, je vous l'accorde, ça ne date pas d'hier. Mais essayez de vous souvenir de vos premières années au sein des FAR, il y a quelques siècles de cela. Les gens du Peuple se sont souvent imaginé pouvoir m'oublier totalement. Pourtant je ne suis jamais bien loin.

Le major eut d'abord la tentation de dire « oui, je vous connais », mais quelque chose l'en dissuada, une petite voix intérieure qui lui soufflait que mentir pourrait se révéler encore plus périlleux que dire la vérité. Et la vérité, c'était qu'il n'avait jamais vu ce vieil elfe de sa vie, jamais avant aujourd'hui, avant qu'il ne l'agresse sur les quais alors qu'Evergreen suivait la piste d'un gnome en cavale. Le signal du fugitif l'avait conduit à une baraque sur les docks. La seule chose dont il se souvenait ensuite était que le vieil elfe lui avait tiré dessus avec un pistolet à fléchettes et qu'il demandait qu'on l'appelle capitaine.

Maintenant, Evergreen était attaché à une chaise et contraint de suivre attentivement une conférence sur la douleur.

Le vieil elfe fit sauter les deux fermoirs de cuivre du coffret puis souleva le couvercle avec une quasi-vénération. Le major Evergreen nota que l'intérieur était doublé de velours. Rouge sang.

– Maintenant, mon garçon, je veux des renseignements. Des renseignements que seul un major des FAR peut connaître, dit le capitaine en sortant une petite bourse de cuir du coffre en bois.

Le sac contenait une sorte de boîte. On pouvait voir ses coins pointer sous le cuir.

– Je ne vous dirai rien, dit Evergreen d'un ton haché par un souffle encore très court.

Le vieil elfe ouvrit la bourse de cuir d'une main. S'y trouvait une chose luminescente qui projetait sur son visage flétri une lueur blafarde. Les rides autour de ses yeux étaient plongées dans une ombre aussi noire que la suie. Le regard, lui, brillait d'un éclat fiévreux.

– Le moment est venu de passer aux questions, major. C'est l'heure de vérité.

– Revenez sur Terre… Refermez ce sac, capitaine, dit le major Evergreen sur un ton de bravade que la réalité de son état aurait pourtant dû lui interdire. J'appartiens aux FAR, poursuivit-il.

Vous devez savoir que, si vous me malmenez, vous n'avez aucune chance de vous en tirer.

Le capitaine soupira.

– Je ne peux pas refermer le sac car ce qui s'y trouve crève d'envie de se dégourdir les pattes... et de se mettre à l'ouvrage. Quant à vous, n'espérez pas qu'on vole à votre secours. J'ai implanté un petit programme dans votre casque. Un message d'erreur a déjà été transmis au central. Le centre de police pense que votre émetteur n'est plus opérationnel. Ils mettront des heures avant de commencer à s'inquiéter.

Le vieil elfe sortit un objet métallique du sac de cuir. Une cage grillagée dans laquelle se trouvait une petite araignée argentée, aux mandibules si effilées que leurs extrémités étaient à peine visibles. Il approcha la cage du visage d'Evergreen. A l'intérieur, l'arachnide agitait ses mandibules avec une inquiétante frénésie. Une frénésie qui évoquait la faim.

– Assez aiguisées pour séparer les atomes des molécules, déclara le capitaine.

De fait, quand elles bougeaient, les mandibules semblaient vouloir déchirer l'air, débiter l'atmosphère en tranches.

Le simple fait d'avoir exhibé l'araignée semblait avoir métamorphosé le vieil elfe. Désormais il avait le pouvoir. Il paraissait plus grand. Deux points rouges brillaient dans ses yeux bien qu'il n'y ait aucune source lumineuse dans le baraquement.

Le jabot d'un ancien uniforme de cérémonie des FAR saillait sous son pardessus.

– Maintenant, mon jeune ami, je vais vous poser une question. Je ne la poserai qu'une fois. Répondez vite ou souffrez mon courroux.

Le major Evergreen frissonna de peur et de froid, mais il garda les mâchoires obstinément serrées.

Le capitaine promena la cage sur son menton.

– Ma question est la suivante : quel site a été choisi pour la prochaine initiation des FARfadet dirigée par le commandant Root ?

Le major battit des paupières pour se débarrasser d'une goutte de sueur.

– Le site de la prochaine initiation ? Honnêtement, capitaine, je n'en sais rien. Je suis nouveau dans l'unité.

Le capitaine colla la cage sur le visage d'Evergreen. L'araignée argentée se rua sur le grillage et parvint à planter ses appendices buccaux dans la joue du major.

– Le site ! hurla le capitaine. Qu'on en finisse !

– Non, répondit le major entre ses dents. Vous n'obtiendrez rien de moi.

– Regardez à quoi j'en suis réduit ! cria le capitaine d'une voix stridente aux accents hystériques. Dans le monde humain, je vieillis.

Intérieurement, le pauvre major Evergreen se préparait à affronter la mort. Cette mission n'aurait été qu'un immense traquenard.

– Julius m'a contraint à l'exil, loin de Haven-Ville,

explosa le capitaine. Il m'a évincé comme un vulgaire traître et m'a forcé à vivre dans cet infect cloaque qu'on appelle le monde des humains. Quand il amènera le prochain caporal sur le site d'initiation, je serai là. Accompagné de quelques vieux amis. Nous n'obtiendrons peut-être pas le droit de retourner à Haven-Ville, mais nous tiendrons notre revanche.

Le capitaine coupa net sa furieuse diatribe. Il en avait déjà trop dit. Et le temps jouait contre lui. Il fallait en finir.

– Vous êtes venu ici pour rattraper un gnome en fuite. Mais il n'y a pas de gnome. Nous avons juste trafiqué les images satellite pour piéger un officier. Ça fait deux ans que j'attends que Julius envoie un major.

C'était sensé. Seul un major pouvait connaître la localisation exacte des stages d'initiation.

– Maintenant que vous êtes à ma merci, croyez-moi, vous allez me dire ce que j'ai besoin de savoir.

Le vieil elfe acariâtre pinça le nez du major, l'obligeant à ouvrir la bouche pour respirer. Il enfonça alors la cage entre les dents d'Evergreen et, d'une pichenette, en fit sauter la petite porte. Le tout n'avait duré qu'une fraction de seconde. Une tache luminescente se précipita vers son œsophage.

Le capitaine balança la cage.

– Maintenant, major, vous êtes mort.

Evergreen fut pris d'un spasme. Les mandibules de l'araignée argentée venaient d'entamer la paroi de son estomac.

– Ça fait mal, n'est-ce pas ? Les blessures internes sont toujours les plus douloureuses, commenta le vieil elfe. Votre magie va soigner les lésions pendant quelque temps. Mais, au bout de quelques minutes, les limites de votre pouvoir seront atteintes. C'est là que mon petit compagnon se fraiera un passage pour sortir.

Evergreen savait qu'il disait vrai. L'araignée était une tunnelière bleue, une créature dont les pinces déchiquettent la viande avant de l'ingérer. Sa méthode de prédilection consistant justement à commencer par… l'intérieur. Un nid de ces petits monstres peut venir à bout d'un troll, mais un seul spécimen est largement suffisant pour un elfe.

– Je peux vous aider, dit le capitaine sur un ton enjôleur, à condition que vous m'aidiez aussi.

Evergreen haleta de douleur. Jusqu'ici, sa magie avait soigné chacune des lésions causées par la tunnelière, mais son pouvoir déclinait, ralentissant la cicatrisation.

– Vous n'obtiendrez rien de moi.

– Très bien… Dans ce cas, vous mourrez et moi, j'obtiendrai les informations dont j'ai besoin auprès du prochain officier qu'ils enverront. Possible que celui-là se montre également récalcitrant… Bah ! J'ai suffisamment d'araignées.

Evergreen tenta de rassembler ses pensées. Il fallait coûte que coûte qu'il s'en sorte vivant s'il voulait prévenir le commandant.

Et il n'y avait qu'un moyen pour ça.

– Très bien. Tuez l'araignée.

Le capitaine attrapa Evergreen par le menton.

– Ma réponse d'abord. Où aura lieu la prochaine initiation ? Et ne mentez pas, je le saurai.

– Les îles Tern, dit le major en gémissant.

Le visage du vieil elfe s'illumina d'un sourire à la fois triomphant et dément.

– Oui… Je connais. Quand ?

– Dans une semaine exactement, marmonna Evergreen d'un air honteux.

Le capitaine gratifia son captif d'une petite tape sur l'épaule.

– Bravo. Vous avez pris une sage décision, sans doute poussé par l'espoir de sortir vivant de cette histoire et de pouvoir ainsi prévenir mon frère.

Dans son calvaire, Evergreen eut un éclair de lucidité. Frère ? Il s'agissait donc du frère du commandant Root ? Il avait entendu l'histoire. Tout le monde la connaissait.

Le capitaine eut un petit sourire.

– Vous connaissez maintenant mon secret. Je suis Turnball Root, le capitaine en disgrâce. Julius a pourchassé son propre frère. Mais, dorénavant, c'est mon tour.

Evergreen se tordit de douleur, comme si les parois de son estomac venaient d'être lardées de dizaines d'entailles.

– Tuez l'araignée, supplia-t-il.

Turnball Root sortit une flasque de sa poche.

– Très bien. Pour autant, je ne pense pas que vous

puissiez prévenir quiconque. La concoction de la fléchette contenait un amnésique. Dans cinq minutes, tout cet incident ne sera plus qu'un rêve inaccessible, flottant au plus profond de votre inconscient.

Le capitaine Root ouvrit la flasque et Evergreen fut immédiatement soulagé de renifler l'arôme corsé d'un café bien fort. La tunnelière bleue était un arachnide hyperactif, au cœur ultrasensible. Dès que le café se mêlerait à son sang, l'animal aurait une crise cardiaque et mourrait instantanément.

Turnball Root versa le café brûlant dans la bouche d'Evergreen. Celui-ci hoqueta, mais parvint néanmoins à déglutir. Quelques secondes plus tard, l'araignée se débattit violemment dans son estomac et, l'instant d'après, s'immobilisa.

Il poussa un soupir de soulagement puis ferma les yeux, essayant de se concentrer sur le déroulement des faits.

– Ah, je vois, glousse le capitaine Root. Vous vous concentrez sur vos souvenirs dans l'espoir qu'ils restent imprimés dans votre mémoire et qu'on puisse ainsi les faire resurgir sous hypnose. A votre place, je ne me fatiguerais pas avec ça. Ce que je vous ai administré n'est pas vraiment réglementaire. Vous aurez de la chance si vous vous souvenez de quelle couleur est le ciel.

Evergreen laissa sa tête tomber en avant. Il avait trahi son commandant, et tout ça pour rien. Dans une semaine, Julius Root allait se rendre dans les îles Tern et tomber dans une embuscade. Tout ça parce que lui, Evergreen, avait révélé le lieu de la prochaine initiation.

Turnball boutonna son pardessus pour cacher l'uniforme qui se trouvait dessous.

– Adieu, major. Et merci encore pour votre aide. Vous allez probablement éprouver de grandes difficultés de concentration durant les prochaines heures. Le temps que vous repreniez vos esprits, vos liens auront fondu.

Le frère du commandant Root ouvrit la porte de la baraque et sortit dans la nuit. Evergreen le regarda s'éloigner et, l'instant d'après, il aurait pu jurer que le capitaine ne s'était jamais trouvé là.

Chapitre II

Poisson poisse

KINGS BOULEVARD, HAVEN-VILLE, MONDE SOUTERRAIN. UNE SEMAINE PLUS TARD...

Le caporal Holly Short avait été affecté à la circulation et, ce jour-là, elle patrouillait sur Kings Boulevard. Les officiers des Forces Armées de Régulation étaient supposés se déplacer par deux mais, comme une rencontre comptant pour le championnat de crunchball se déroulait sur l'autre rive du fleuve, son partenaire sillonnait les abords du Westside Stadium.

Holly, resplendissante dans son uniforme digital d'agent de la circulation, arpentait nonchalamment le boulevard. La tenue possédait tous les attributs d'un panneau de signalisation. Par conséquent, celui qui la portait se transformait plus ou moins en signalétique ambulante. L'uniforme pouvait afficher tous les signaux classiques du code de la route, plus huit lignes de texte sur l'écran de poitrine. Il était aussi équipé d'un système à reconnaissance vocale qui permettait à Holly d'afficher sur sa poitrine, en grosses lettres lumineuses jaunes, les ordres qu'elle donnait oralement aux conducteurs.

Se transformer en panneau de signalisation mobile n'était pas exactement ce que Holly avait en tête quand elle s'était engagée à l'académie des FAR. Mais tous les caporaux devaient accepter de faire un temps à la circulation avant d'être autorisés à se spécialiser. Holly était dans la rue depuis six mois et elle se demandait parfois si elle aurait jamais la chance d'incorporer l'arme qu'elle convoitait depuis si longtemps : les FAR, comme on disait dans le jargon. Si les huiles lui laissaient une chance – et si elle réussissait son initiation –, elle serait la première femme jamais admise dans cette unité prestigieuse. Cela n'intimidait pas Holly Short, au contraire, le défi s'accordait plutôt bien à sa nature opiniâtre. Aussi, non seulement comptait-elle bien réussir son épreuve mais, en plus, prévoyait-elle d'exploser au passage le record précédemment établi par le capitaine Baroud Kelp.

Le boulevard était calme cet après-midi-là. Tout le monde était dans le Westside, un burger aux champignons et une barquette de frites de légumes à la main. Tout le monde sauf elle, quelques dizaines d'agents d'accompagnement et le propriétaire d'une auto-caravane illégalement garée sur l'aire de livraison d'un restaurant.

Holly entama la procédure d'identification du véhicule de couleur pourpre en passant le stylo

optique de son gant sur la plaque d'immatriculation. Quelques secondes plus tard, le serveur de l'ordinateur central des FAR envoyait le fichier correspondant sur le terminal de son casque. L'auto-caravane appartenait à un certain E. Phyber, un lutin qui avait déjà une longue série d'infractions à son actif.

Holly tira sur la bande Velcro qui protégeait l'écran d'ordinateur qu'elle portait au poignet et ouvrit l'application « procès verbal », sous-menu « stationnement ». Et une de plus pour M. Phyber. La petite joie qu'elle ressentit en rédigeant l'amende la confirma dans son idée qu'il était grand temps qu'elle quitte la circulation.

Quelque chose bougea dans l'auto-caravane. Quelque chose d'imposant. Le véhicule tout entier avait tangué sur ses essieux.

Holly cogna aux vitres rendues opaques par polarisation.

– Sortez, monsieur Phyber.

Aucune réponse ne lui parvint, sinon un balancement encore plus prononcé du véhicule. Il y avait quelque chose à l'intérieur, quelque chose de bien plus gros qu'un lutin.

– Monsieur Phyber, ouvrez ou je serai obligée de procéder à une perquisition.

Holly se colla à la vitre teintée pour essayer de voir l'intérieur. En vain. Son casque de patrouille n'était pas équipé des filtres nécessaires. On aurait dit qu'il y avait un animal là-dedans. C'était un délit

grave. Le transport d'animaux dans des véhicules privés, en plus d'être cruel, était strictement interdit. Les gens du Peuple consommaient bien certains animaux, mais ils ne possédaient aucun animal domestique ou de compagnie. Si cette personne trafiquait des espèces animales, il y avait de grandes chances pour qu'elle se soit fournie directement en surface.

Holly posa ses deux mains sur la porte coulissante, poussant aussi fort qu'elle pouvait. Immédiatement, l'auto-caravane se remit à danser et à gîter, se retrouvant pratiquement en équilibre sur un côté.

Holly fit un pas en arrière, elle allait devoir appeler du renfort.

– Heu... Un problème, officier? demanda un lutin voltigeant à dix centimètres du sol derrière son dos.

Les lutins ne peuvent s'empêcher de décoller quand ils sont nerveux.

– Vous êtes le propriétaire de ce véhicule, monsieur?

Les battements d'ailes du lutin s'accélérèrent encore un peu plus, ce qui eut pour effet d'augmenter son altitude d'une dizaine de centimètres supplémentaires.

– Affirmatif, officier. Eloe Phyber, légal propriétaire de cette auto-caravane.

Holly releva sa visière.

– Veuillez atterrir, s'il vous plaît. Il est interdit de

voler sur le boulevard. Vous ne voyez pas les panneaux.

Phyber se posa doucement sur le sol.

– Bien sûr, officier. Je vous prie de bien vouloir m'excuser.

Holly scruta le visage de Phyber, essayant d'y lire la culpabilité. L'épiderme vert pâle du lutin était brillant de sueur.

– Êtes-vous inquiet, monsieur Phyber ? Quelque chose vous tracasse ?

Un sourire crispé apparut sur le visage luisant du lutin.

– Inquiet ? Nooon. Pas le moins du monde. Je suis un peu en retard, voilà tout. La vie moderne, vous savez ce que c'est… Toujours en train de courir.

L'auto-caravane se remit à tanguer.

– Que transportez-vous là-dedans ? demanda Holly.

Le sourire de Phyber se figea.

– Rien. Juste des étagères… en kit… Un paquet a dû tomber…

Il mentait. Holly en était persuadée.

– Ah, vraiment ? Vous devez avoir beaucoup de planches là-dedans parce que c'est le cinquième paquet que j'entends tomber. Ouvrez la porte, s'il vous plaît.

Les ailes du lutin se remirent à battre.

– Je ne crois pas y être obligé. N'avez-vous pas besoin d'un mandat pour ça ?

– Non, je n'ai besoin que d'une présomption. Et j'ai

toutes les raisons de croire que vous vous livrez au transport illégal d'animaux.

– Des animaux ? C'est grotesque. Quoi qu'il en soit, je suis dans l'incapacité de répondre à votre demande car il se trouve que j'ai perdu la puce.

Holly sortit une omniclé de sa ceinture et l'appliqua sur la porte arrière de l'auto-caravane.

– Très bien. Je vous avise que je vais procéder à l'ouverture de ce véhicule afin d'enquêter sur la présence éventuelle d'animaux.

– Ne devrions-nous pas attendre qu'un avocat soit présent ?

– Non, car j'estime qu'il y a urgence. La vie de l'animal pourrait être mise en danger si nous attendons une minute de plus.

Phyber recula de plusieurs mètres.

– A votre place, je ne ferais pas ça.

– Ça, j'en suis sûre, répondit Holly avec un sourire.

L'omniclé émit un petit bip. La porte arrière s'ouvrit. Holly se retrouva face à un énorme cube tremblant de gélatine orange. De l'hydrogel, utilisé pour transporter sans risque les créatures marines. Les animaux pouvaient y respirer, mais le gel leur épargnait les chocs du transport. Un banc de maquereaux tentait désespérément de nager dans l'espace confiné de l'auto-caravane. Ils étaient sans aucun doute destinés à un restaurant de poisson clandestin.

Le gel aurait certainement gardé sa forme si le banc n'avait décidé de pousser de toutes ses forces

en direction de la lumière. Les efforts combinés des poissons firent glisser l'informe cube de gel hors de l'habitacle. La gravité se chargea du reste et le pâté gélatineux explosa littéralement à la figure de Holly. Elle fut instantanément submergée par un raz de marée de gel parfumé au poisson où surnageaient des dizaines de créatures impuissantes. Le gel s'insinua dans son uniforme par des interstices dont elle-même ne soupçonnait pas l'existence.

– D'Arvit ! jura Holly en basculant sur son postérieur.

C'est le moment que choisit le système informatique de son uniforme pour se déconnecter et, comme un malheur n'arrive jamais seul, le moment où un appel entrant, en provenance du centre de police, tenta vainement de s'afficher sur son moniteur. Le commandant Julius Root désirait la voir immédiatement.

CENTRE DE POLICE

Holly lâcha Phyber à l'accueil, puis fila droit au bureau de Julius Root. Si le commandant des FAR voulait la voir, elle n'avait aucune intention de le laisser attendre. Il pouvait s'agir de son initiation. Enfin.

Il y avait déjà du monde dans le bureau. Holly distinguait des têtes qui bougeaient de l'autre côté du verre dépoli.

– Caporal Short. Un appel du commandant Root, déclara-t-elle, haletante, à la secrétaire, une gnome

dans la fleur de l'âge avec une incroyable permanente rose sur la tête.

Dans un premier temps, la secrétaire se contenta de répondre par un bref regard. Puis elle cessa toute activité et leva des yeux incrédules sur Holly.

– Vous désirez voir le commandant dans cette tenue ?

Holly frotta quelques résidus d'hydrogel restés collés à son uniforme.

– Ce n'est que du gel. J'étais en mission. Le commandant comprendra.

– Vous êtes sûre ?

– Affirmatif. Je ne peux absolument pas rater cette réunion.

Le sourire de la secrétaire se teinta de méchanceté.

– Comme vous voudrez. Entrez, je vous en prie.

Tout autre jour que celui-ci, Holly aurait immédiatement senti que quelque chose ne tournait pas rond en se faufilant dans le bureau de Julius Root. Malheureusement, ce jour-là, ses antennes étaient en berne.

Deux personnes se tenaient devant elle dans le bureau. Julius Root lui-même, elfe à la carrure impressionnante, un cigare au champignon au coin de la bouche.

Holly reconnut également le capitaine Baroud Kelp, une des légendes vivantes des FARfadet. Avec plus d'une dizaine de missions réussies en moins d'une année, il était devenu un mythe dans tous les bars de la région.

Root se figea, toisant Holly.

– Oui ? Qu'est-ce que c'est ? Un urgent problème de plomberie dont vous souhaiteriez m'entretenir ?

– N… Non, balbutia Holly avant de se reprendre. Caporal Holly Short au rapport, comme vous l'avez demandé, commandant.

Root demeura immobile, des points rouge vif brillaient sur ses joues. Le commandant n'était pas un joyeux elfe.

– Short. Vous êtes une femme ?

– Affirmatif, commandant. Et depuis toujours, je crois bien.

Root n'apprécia pas la note d'humour.

– Vous n'êtes pas avec vos petits copains, Short. Gardez vos traits d'esprit pour vous.

– Entendu, commandant. Pas de plaisanteries.

– Bien. Compte tenu de vos résultats aux tests de pilotage, j'étais persuadé que vous étiez un homme. Jamais une femme n'avait encore obtenu un tel score.

– C'est ce que j'ai cru comprendre, commandant.

Le commandant s'assit sur un coin du bureau.

– Vous êtes la quatre-vingtième femme à atteindre le stade de l'initiation. Aucune n'est allée plus loin. Le bureau de Surveillance de la parité crie au sexisme, aussi vais-je m'occuper personnellement de votre initiation.

Holly s'étrangla.

– Personnellement, commandant ?

– Absolument, caporal, répondit Root avec un

petit sourire. Rien que vous et moi, une petite aventure à deux, qu'est-ce que vous en dites ?

– Parfait, commandant… Je suis flattée.

– Bon esprit. C'est comme ça qu'il faut le prendre.

Root leva le nez et renifla.

– Qu'est-ce que ça sent ?

– C'est de ma faute, commandant. J'étais en mission à la circulation, commandant. Et j'ai eu maille à partir avec un trafiquant de poisson.

Root huma l'air une nouvelle fois.

– Je me doutais qu'il y avait du poisson dans cette affaire. Votre uniforme a viré à l'orange.

Holly retira un peu d'hydrogel de son bras.

– De l'hydrogel, commandant. Le trafiquant s'en servait pour le transport des poissons.

Root se leva du bureau.

– Connaissez-vous la véritable mission des officiers des FAR, Short ?

– Oui, commandant. Un officier des FAR pourchasse les gens du Peuple qui ont décidé de fuir en surface, commandant.

– La surface, Short. Là où vivent les humains. Nous devons donc passer totalement inaperçus, nous fondre dans la masse. Vous croyez que vous pouvez faire ça ?

– Oui, commandant. Je pense que je peux.

Root cracha son cigare dans le recycleur.

– J'aurais bien aimé partager votre avis. Et peut-être même l'aurais-je pu s'il n'y avait eu… ça !

cria tout à coup Root en pointant un doigt vengeur sous le menton de Holly.

Elle baissa la tête. Le commandant n'était certainement pas fâché à cause de quelques amas d'hydrogel gluants ou de l'odeur de poisson.

En effet, là n'était pas la cause de son courroux.

L'écran que Holly portait sur la poitrine affichait un mot, en imposantes majuscules jaunes. Précisément le juron qui lui avait échappé au moment où l'hydrogel avait fait boguer sa combinaison et figé le texte sur l'écran lumineux.

– D'Arvit, murmura Holly, le menton baissé.

Ce qui, fruit du hasard, était le mot affiché sur sa poitrine.

CONDUIT E1

Le trio se rendit directement au conduit E1, relié au terminal de surface de Tara, en Irlande. Pour recréer les conditions réelles d'intervention, les caporaux ne disposent d'aucun temps de préparation. Les gens du Peuple en cavale ne s'échappent pas en fonction d'un horaire prévu par la police. Au contraire, ils prennent le large quand bon leur semble, et les officiers des FAR doivent toujours se tenir prêts à les poursuivre.

Ils embarquèrent dans une navette des FAR pour remonter jusqu'à la surface. Holly ne disposait d'aucune arme et même son casque avait été confisqué. Elle avait également été privée de ses pouvoirs

magiques par ponction. La sonde était restée en place jusqu'à ce que les dernières gouttes de magie servent à soigner la perforation de l'aiguille.

Tandis qu'il utilisait sa propre magie pour soigner les microplaies du caporal, le capitaine Baroud Kelp lui expliquait la logique de la chose :

– Il peut arriver que vous soyez bloquée en surface sans rien. Pas d'arme, pas de moyen de communication, pas de magie. Et vous avez toujours un fuyard à traquer. Un fuyard probablement déjà en train d'inverser les rôles et de se transformer lui-même en chasseur. Si vous n'accomplissez pas cette mission avec succès, aucune chance que vous intégriez les FAR.

Holly s'y attendait. Ils avaient tous entendu, de la bouche des vétérans, pléthore d'histoires d'initiation. Elle se demandait d'ailleurs dans quel bouge on allait les larguer... Et quelle serait la nature du gibier.

A travers les hublots de la navette, elle contempla les folles lumières du puits. Les puits étaient de vastes galeries souterraines, creusées par le magma en fusion qui jaillissait du noyau terrestre et qui remontaient en spirale jusqu'à la surface. Le Peuple des fées avait dégagé plusieurs de ces conduits, en avait retiré la concrétion rocheuse et avait installé des stations pour les navettes à chaque bout. Tous les continents étaient ainsi accessibles. Quand la technologie humaine est devenue plus sophistiquée, beaucoup de ces stations ont dû être détruites

ou abandonnées. Si par malheur un Être de la Boue découvrait un terminal, il aurait un accès direct à Haven-Ville.

En cas d'urgence, les officiers des FAR empruntaient des navettes en titane et utilisaient les éruptions magmatiques qui couraient dans ces tunnels. C'était la façon la plus rapide de parcourir les huit mille kilomètres qui les séparaient de l'écorce terrestre.

Mais aujourd'hui, comme ils voyageaient en groupe dans une navette réglementaire des FAR, ils avançaient à vitesse relativement réduite : mille deux cents kilomètres à l'heure. Root enclencha le programme de pilotage automatique avant de s'approcher de Holly pour la briefer :

– Nous nous dirigeons vers les îles Tern, déclara le commandant en activant une carte holographique au-dessus de la table de réunion. Il s'agit d'un petit archipel au large des côtes est de l'Irlande. Pour être parfaitement précis, nous mettons cap sur Tern Mór, l'île principale. Il n'y a qu'un seul habitant là-bas. Kieran Ross, un écologiste. Ross se rend à Dublin une fois par mois pour faire son rapport au ministère de l'Environnement. Généralement, il descend au Morrison Hotel et assiste à un spectacle au théâtre de l'Abbaye. Le service des transmissions m'a confirmé qu'il avait bien réservé à l'hôtel. Ça nous ouvre une fenêtre de trente-six heures.

Holly hocha la tête. Le pire serait que des humains

s'immiscent dans leur exercice. Les manœuvres grandeur nature étaient une chose, mais la mise en péril de tout le Peuple des fées en était une autre.

Root pénétra l'hologramme et désigna un point sur la carte.

– Nous atterrirons ici. Dans la baie du Phoque. La navette va vous déposer sur la plage. Vous et le capitaine Kelp. Pour ma part, je serai largué à un endroit différent. Ensuite, les choses sont simples : vous me pistez et moi je vous piste. Le capitaine Kelp enregistrera vos faits et gestes pour analyse ultérieure. Une fois l'exercice terminé, je prendrai les données, j'évaluerai votre potentiel et je déterminerai alors si vous possédez les capacités pour faire un officier des FARfadet. Les initiés sont généralement touchés une demi-douzaine de fois au cours de cet exercice, alors ne vous en faites pas trop pour ça. Ce qui compte, c'est que vous me rendiez la tâche difficile.

Root décrocha un pistolet de paint-ball du rack mural et le lança à Holly.

– Bien entendu, il existe un moyen d'aller droit au but et d'éviter la procédure d'examen à la fin de l'exercice. Vous me touchez avant que moi je ne vous touche et, hop, vous y êtes. Incorporée d'office. Mais n'y comptez pas trop. J'ai des siècles d'expérience en surface, je suis chauffé au rouge par la magie et j'ai une navette pleine d'armes à ma disposition.

Holly remercia le ciel d'être assise.

Elle avait passé des centaines d'heures sur des simulateurs, mais ne s'était réellement retrouvée en surface que deux fois. La première lors d'une visite des forêts primaires sud-américaines organisée par l'école, la seconde lors d'une réunion de famille à Stonehenge. La troisième avait de grandes chances d'être plus mouvementée.

CHAPITRE III

L'ÎLE DES RÊVES BRISÉS

TERN MÓR

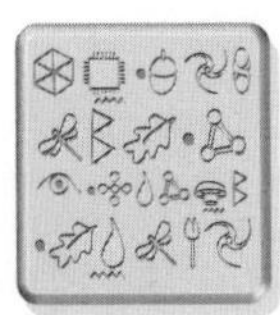

Les premiers rayons du soleil dissipaient les brumes matinales. Tern Mór apparaissait par intermittence, au large des côtes irlandaises, comme une île fantôme. Pendant un instant, on ne voyait là que de cotonneuses nappes de nuages et, l'instant suivant, les falaises escarpées de Tern Mór surgissaient du brouillard.

– Charmant endroit, commenta Holly en contemplant le paysage par le hublot.

Root mâchouilla son cigare.

– Désolé pour le désagrément. On n'arrête pas de demander aux fugitifs de se cacher dans des endroits chauds mais, diantre, on dirait bien qu'ils n'en font qu'à leur tête.

Le commandant retourna au poste de pilotage. Il était temps de passer en manuel pour préparer l'approche.

L'île semblait tout droit sortie d'un film d'horreur. D'imposantes falaises étaient adossées à l'océan et battues par les vagues dont l'écume bouillonnait aux pieds des géants de roche. Au sommet, une ligne verte tentait tant bien que mal de résister à la fureur des éléments, faisant une mèche rebelle au sommet de l'arête rocheuse.

« Il ne sortira rien de bon d'ici », pensa Holly.

Baroud Kelp mit un terme à cet élan de mélancolie par une tape sur l'épaule.

– Haut les cœurs, Short. Au moins vous êtes arrivée jusque-là. Un ou deux jours à la surface, ça n'a pas de prix. Ici, l'air est d'une qualité incroyable. Plus doux que dans le jardin d'Eden.

Holly esquissa un sourire, mais elle était trop inquiète pour le rendre crédible.

– Généralement, c'est le commandant en personne qui se charge des formations ?

– Tout le temps, même si c'est le premier face-à-face. Le plus souvent, il traque une demi-douzaine de candidats à la fois, pour que le jeu garde son intérêt. Mais vous, vous allez l'avoir pour vous toute seule, à cause de votre « qualité », ou plutôt de votre « genre ». Julius ne veut pas que le bureau de Surveillance de la parité ait quoi que ce soit à redire quand vous aurez échoué.

Holly sursauta.

– Quand j'aurai échoué ?

Baroud lui envoya un clin d'œil.

– J'ai dit « quand » ? Comme c'est étrange. Bien

sûr je voulais dire si. Il fallait entendre « si vous échouez ».

Holly sentit frémir la pointe de ses oreilles. Toute la session allait-elle ressembler à une répétition ? Le commandant avait-il déjà un rapport rédigé sur son bureau ?

Ils se posèrent dans la baie du Phoque. Un endroit remarquablement dépourvu de phoques, aussi bien que de sable. La navette était recouverte d'une seconde peau d'écrans plasma qui projetaient l'image du paysage sur son fuselage. Aussi, quand Baroud Kelp ouvrit l'écoutille, ce fut comme s'il ouvrait une porte dans le ciel.

Baroud et Holly mirent pied à terre dans les galets puis détalèrent à toute allure pour éviter le souffle du jet.

Root ouvrit un hublot.

– Vous avez vingt minutes pour pleurer ou faire vos prières ou toute chose que font les femmes dans ces cas-là, ensuite je reviens faire l'appel.

Les yeux de Holly lançaient des éclairs.

– Oui, commandant. Je vais fondre en larmes à l'instant où vous aurez disparu à l'horizon.

Root eut un petit sourire, mi-amusé, mi-agacé.

– J'espère que vos compétences couvrent les chèques que votre bouche ne cesse de remplir.

Holly n'avait aucune idée de ce qu'était un chèque, mais elle estima que le moment était inopportun pour avouer son ignorance.

Root mit pleins gaz. La navette décolla en décrivant une longue boucle à basse altitude au-dessus des collines.

Tout ce qu'on voyait de l'appareil était un vague reflet translucide.

Holly ressentit le froid d'un coup. Haven-Ville était totalement climatisée, aussi son uniforme de la circulation ne possédait-il pas de filaments chauffants, contrairement à celui du capitaine Kelp qui était justement en train de régler son thermostat.

– Bah, dit Baroud, aucune raison que nous soyons deux à nous geler. Moi j'ai déjà été initié.

– Combien de fois avez-vous été touché ? demanda Holly.

Il grimaça d'un air piteux.

– Huit. Et j'étais le meilleur du groupe. Pour un ancien, le commandant Root est encore vert... Une vélocité vraiment étonnante. En plus, rien qu'en hardware, il y en a pour un ou deux millions de lingots dans cette navette.

Holly releva son col pour se protéger du vent venu de l'Atlantique.

– Aucune recommandation de dernière minute ?

– J'ai bien peur que non. En plus, dès que cette caméra va se mettre à tourner, je ne pourrai même plus vous parler.

Le capitaine Kelp appuya sur un bouton placé sur son casque. Un signal rouge clignota en direction de Holly.

– La seule chose que je peux dire, c'est que si

j'étais vous, je me mettrais en route. Julius ne va pas perdre une seconde pour se mettre en chasse. Vous feriez bien d'en faire autant.

Holly regarda autour d'elle. « Utilisez l'environnement à votre avantage, disaient les manuels. Mettez à profit ce que la nature vous offre. » Cette maxime ne lui était pas d'un grand secours ici.

La plage de galets était encaissée entre deux immenses remparts de roche. La seule issue consistait en une longue déclivité boueuse, à l'assaut de laquelle elle avait intérêt à se lancer au plus vite, si elle ne voulait pas que le commandant ait lui-même le temps de se poster au sommet. Elle s'engagea à grandes enjambées dans la montée, déterminée à sortir de cet exercice avec, pour le moins, une estime de soi intacte.

Quelque chose miroita à l'extrémité de son champ de vision. Holly s'immobilisa.

– Ça, ce n'est pas très loyal, dit-elle en pointant l'endroit du doigt.

Baroud jeta un coup d'œil circulaire sur la plage de galets.

– Quoi ? demanda-t-il, bien qu'il lui soit interdit de parler.

– Regardez là-bas, une feuille de camouflage vidéo. Quelqu'un se cache sur la plage. Vous avez un plan B lorsque le caporal se révèle trop rapide pour les anciens ?

Kelp comprit immédiatement que la situation était grave.

– D'Arvit, grommela-t-il en faisant un geste vers son arme.

Le capitaine Kelp avait la détente rapide. De fait, il réussit à sortir l'arme de son holster avant que le fusil du tireur embusqué ne fasse feu, derrière sa feuille de camouflage vidéo, le touchant au sommet de l'épaule.

Il s'écroula de tout son long sur les galets mouillés.

Holly démarra en trombe, zigzaguant sur les galets : si elle bougeait sans arrêt, le tireur serait peut-être incapable de la fixer dans son viseur. Ses doigts s'enfonçaient dans la boue pour grimper quand un deuxième tireur émergea du sol, tel un diable de sa boîte, se débarrassant de la feuille de camouflage vidéo.

Le nouveau venu, un nain trapu, portait le plus gros fusil qu'Holly ait jamais vu.

– Surprise, dit-il avec un sourire laissant apparaître deux rangées de dents semblables à des pierres tombales.

Il fit feu. Le rayon laser toucha Holly au ventre. Ce fut comme un énorme coup de poing. C'est ça le problème avec les Neutrino : ils ne tuent pas, mais ils font plus mal que dix doigts coincés dans une porte.

Holly reprit connaissance. Et le regretta aussitôt. Elle se plia en deux sur l'immense fauteuil auquel elle était attachée et vomit sur ses bottes. A ses côtés, Baroud Kelp se livrait à la même occupation. Que se passait-il ici ? Les armes laser n'étaient pas censées avoir d'effets secondaires, à moins d'y être allergique, et ce n'était pas son cas.

Holly retint son souffle tout en regardant autour d'elle. Ils se trouvaient dans une petite pièce, aux murs de plâtre inégaux, dominée par une immense table. Une table immense ou une table à dimension humaine ? S'agissait-il d'une cellule de vie humaine ? Cela aurait expliqué le malaise. Pénétrer dans une maison humaine sans y avoir été invité était expressément interdit. Ignorer ce précepte se traduisait par une double sanction immédiate : perte de ses pouvoirs magiques et nausée.

Les détails de leur infortune revinrent à l'esprit de Holly. Elle débutait son initiation sur la plage quand ils avaient été pris en embuscade par au moins deux êtres féeriques.

Se pouvait-il qu'il s'agisse là d'un test extrême ? Elle jeta un œil sur le côté. La tête du capitaine Kelp pendait pitoyablement en avant. Très réaliste pour un test.

Une immense porte grinça et un elfe apparut dans la pièce.

– Ah, vous n'êtes pas dans votre assiette. Le mal sorcier ou « dégobillage » comme, je crois, disent les jeunes fées. Ne vous inquiétez pas, cela va rapidement passer.

L'elfe était le plus vieux des elfes que Holly avait jamais croisé. Il portait un uniforme d'apparat des

FAR, jauni et passé. Une tenue tout droit sortie de l'armoire de la costumière d'un film historique.

L'elfe remarqua que Holly l'observait.

– Ah, ça ? dit-il en faisant bouffer son jabot. Ma parure est un peu fanée. Ça fait partie de la malédiction de vivre sans magie. Tout se fane. Et pas seulement les vêtements. Regardez-moi dans les yeux, jamais vous ne pourriez imaginer que je n'ai qu'un siècle de plus que mon frère.

– Frère ? répéta Holly en plantant son regard dans celui de l'elfe.

A côté d'elle, Baroud s'agita, cracha, puis releva la tête.

Il prit alors une courte et intense inspiration avant de marmonner :

– Mon Dieu, Turnball Root !

Tout se bousculait dans l'esprit de Holly. Root ? Frère ? Il s'agissait donc du frère du commandant.

Turnball, lui, jubilait.

– Enfin quelqu'un qui me reconnaît. Je commençais à croire qu'on m'avait complètement oublié.

– J'étais premier en criminologie, ajouta Baroud. Dans le chapitre « démence », vous occupez une page entière.

Turnball tenta de n'en rien laisser paraître, mais il était intéressé.

– Et que dit cette page ?

– Elle dit que vous êtes un capitaine félon qui a essayé d'inonder une partie de Haven-Ville simplement pour vous débarrasser d'un concurrent qui

s'intéressait d'un peu trop près à vos combines illégales d'extraction minière. Elle dit aussi que si votre frère ne vous avait pas arrêté au moment où vous alliez appuyer sur le bouton, la moitié de la ville aurait été détruite.

– Ridicule, s'exclama Turnball. J'ai fait étudier mes plans par des ingénieurs. Il n'y aurait pas eu de réaction en chaîne. Le bilan des pertes n'aurait pas excédé quelques centaines, tout au plus.

– Comment vous êtes-vous évadé de prison ? demanda Holly.

Turnball bomba le torse.

– Je n'ai pas passé un seul jour en prison. Je ne suis pas un criminel de droit commun. Heureusement, Julius n'a pas eu le cran de me tuer, alors je me suis arrangé pour me faire la belle. Il n'a jamais cessé de me rechercher depuis. Mais, aujourd'hui, la traque prend fin.

– Voilà donc le fin mot de l'histoire. Une vengeance.

– En partie, admit Turnball. Mais il s'agit aussi de ma liberté. Julius est comme un chien qui aurait trouvé un os. Il ne lâchera pas prise. Je veux pouvoir finir mes Martini-gin sans avoir à regarder systématiquement par-dessus mon épaule. J'ai eu quatre-vingt-seize adresses au cours des cinq derniers siècles. J'ai vécu dans une somptueuse villa près de Nice dans les années 1700.

Les yeux du vieil elfe s'embuèrent.

– J'y étais si heureux. Je peux encore sentir

l'odeur de la mer. J'ai dû réduire cette demeure en cendres à cause de Julius.

Holly tournait lentement ses poignets pour tenter de desserrer les nœuds. Turnball remarqua le geste.

– Oubliez ça, ma chère. J'entrave des gens depuis des siècles. C'est une des premières qualités que doit développer un fugitif… Mais au fait, bien joué. Une femme en initiation. Je parie que mon petit frère n'apprécie guère. Il a toujours été un peu rétrograde concernant l'égalité des sexes.

– Oui, dit Holly. Alors que vous, à l'inverse, vous êtes le prototype même du gentilhomme, c'est ça ?

– *Touché*, comme j'avais coutume de dire quand j'habitais la France.

Le visage de Baroud avait perdu son nauséeux reflet vert.

– Quel que soit votre plan, n'attendez aucune aide de ma part.

Turnball se figea devant Holly puis, d'un ongle long et recourbé, releva le menton de sa captive.

– Je n'attends pas grand-chose de vous, capitaine. C'est à la jolie fée, ici présente, que revient le premier rôle de ma pièce. Le vôtre se borne à pousser quelques cris… Avant de mourir.

Turnball avait deux complices : un nain bougon et un lutin pédestre.

Le frère du commandant Root les appela dans la pièce pour faire les présentations.

Le nain s'appelait Bobb, et il portait un sombrero

à large bord pour protéger sa délicate peau de nain du soleil.

– Bobb est le meilleur cambrioleur en activité. Après Mulch Diggums, bien entendu, déclara Turnball en passant un bras autour des massives épaules de la créature presque aussi large que haute. Son seul défaut, c'est qu'il ne possède pas un bon sens de l'orientation. Sa boussole interne est loin d'être au niveau de celle de ce filou de Diggums. Bobb a commis sa plus grosse bourde le jour où il a jailli de son tunnel au beau milieu d'un foyer socio-éducatif où se déroulait une vente de charité au profit des bonnes œuvres de la police. Il se cache à la surface depuis. Nous formons une bonne équipe : j'organise le coup, il l'exécute.

Il s'approcha ensuite du lutin et, d'une traction de l'épaule, le fit pivoter sur lui-même. Deux protubérances bulbeuses de chair mutilée se trouvaient là où auraient dû commencer ses ailes.

– Je vous présente Unix. Il s'est battu avec un troll. Et il n'a pas eu le dessus. Il était cliniquement mort quand je l'ai trouvé. Je lui ai donné mes dernières réserves de magie pour le ramener parmi nous. Aujourd'hui encore, j'ignore s'il m'en est reconnaissant ou si, au contraire, il m'en veut à mort. Dévoué néanmoins. Il irait à pied jusqu'au centre de la Terre si je le lui demandais.

Les traits verdâtres du lutin restèrent parfaitement impassibles et ses yeux étaient aussi vides que deux disques durs fraîchement réinitialisés. C'était

Bobb et Unix qui avaient cueilli Holly et Baroud sur la plage de galets.

Turnball arracha le Velcro nominatif accroché à la poitrine de Holly.

– Mon plan est le suivant. Nous allons utiliser le caporal Short ici présent pour leurrer Julius et le faire venir jusqu'à nous. Si vous tentez quoi que ce soit pour le prévenir, le capitaine mourra dans d'atroces souffrances. Dans mon sac, j'ai une araignée. Une tunnelière bleue, pour être précis. Il lui suffira de quelques secondes pour déchirer les entrailles du bon capitaine. Et, comme il se trouve dans une habitation humaine, il ne disposera pas de la moindre goutte de magie pour soulager sa douleur. De votre côté, tout ce que vous avez à faire, c'est de vous tenir sagement assise dans une clairière en attendant que Julius vienne vous chercher. Quand il le fera, nous l'attraperons. C'est aussi simple que cela. Unix et Bobb vous tiendront compagnie. Quant à moi, j'attendrai ici l'heureux épilogue de cette histoire : lorsqu'on traînera Julius à travers cette porte.

Unix coupa quelques liens, souleva Holly de sa chaise, puis la poussa brutalement dehors, sous le soleil matinal. Elle inspira profondément. L'air était doux ici ; malheureusement elle n'avait pas une seconde pour en profiter.

– Pourquoi ne courez-vous pas, officier ? demanda Unix d'une voix qui donnait le mal de mer tellement elle hésitait entre les deux extrémités du

spectre harmonique. Courez… pour voir ce qui se passera.

– Ouais, railla Bobb. Pour voir ce qui se passera.

Holly devinait aisément ce qui se passerait. Elle recevrait une nouvelle salve de Neutrino et, cette fois, dans le dos. Non elle n'allait pas se mettre à courir. Pas encore. Ce qu'elle allait faire, c'est réfléchir et élaborer un plan.

Toujours tirant, toujours poussant, ils lui firent traverser deux champs qui descendaient en pente douce vers le sud en direction des falaises. L'herbe était rare et éparse, comme des touffes de barbe oubliées par le rasoir. Des nuées de goélands, d'hirondelles de mer et de cormorans apparaissaient par intermittence au-dessus de la ligne de crête de la falaise comme des avions de combat montant à la verticale. Passé un gros fourré de plantes rampantes dont Holly pouvait sentir qu'il grouillait de vie, Bobb s'arrêta à côté d'un affleurement rocheux, juste assez gros pour prévenir une approche par l'est.

– Couchée, grogna-t-il en forçant Holly à se mettre à genoux.

Quand elle fut à terre, Unix attacha une menotte à sa jambe et enfonça le pic qui se trouvait à l'autre bout dans le sol.

– Comme ça, tu ne risques pas de t'envoler, ironisa-t-il avec un petit sourire. Et si on te voit jouer avec ta chaîne, on te sonne. Ne t'inquiète pas,

on t'a à l'œil, ajouta-t-il en tapotant la lunette du fusil qui lui barrait la poitrine.

Les deux malfaiteurs traversèrent ensuite le champ en sens inverse et se terrèrent dans deux trous. Là, ils sortirent des feuilles de camouflage de leurs sacs et les étendirent. Quelques secondes plus tard, on ne voyait plus d'eux que les deux bouches noires des canons pointant sous les feuilles.

Le plan n'était pas très élaboré, et pourtant très intelligent. Si le commandant trouvait Holly, tout indiquerait qu'elle était en embuscade, mais pas celle qu'on pourrait croire à première vue. A la seconde où il se montrerait, Unix et Bobb le cloueraient sur place d'une décharge de Neutrino.

« Il doit bien y avoir un moyen d'avertir le commandant sans mettre Baroud en danger. » Holly cogita. Servez-vous de ce que la nature vous offre. Effectivement, la nature avait beaucoup de choses à offrir ; malheureusement, elle ne pouvait en utiliser aucune. Le simple fait d'essayer lui vaudrait une décharge, de faible intensité certes, de la part de Bobb et Unix, mais qui lui ferait perdre connaissance sans pour autant remettre en cause leur tactique. Elle n'avait pas grand-chose sur elle non plus. Unix l'avait fouillée de la tête aux pieds et avait même confisqué son stylo optique – pour qu'elle ne s'en serve pas comme d'une arme. La seule chose qui leur avait échappé était l'ordinateur ultraplat qu'elle portait au poignet mais qui, de toute façon, était hors service.

Cachée par le rocher, Holly baissa un bras et arracha le Velcro qui protégeait le minuscule moniteur du monde extérieur. Elle le saisit ensuite délicatement et l'étudia sous toutes les coutures. A première vue, l'hydrogel avait réussi à s'infiltrer dans la jointure du boîtier et avait grillé le circuit électronique. Elle fit glisser la batterie et inspecta la carte interne. Une microscopique goutte de gel était posée sur le circuit, à cheval sur plusieurs relais, établissant une connexion où il n'y aurait pas dû en avoir. Holly arracha un brin d'herbe un peu épais et l'utilisa comme une pelle pour enlever la goutte. Moins d'une minute plus tard, la dernière pellicule de gel s'était évaporée et le minuscule disque dur émettait son caractéristique bourdonnement de démarrage. Holly éteignit rapidement son écran de poitrine pour que Bobb et Unix ne remarquent pas le curseur clignotant.

Maintenant, au moins, elle avait un ordinateur. Si seulement elle avait aussi son casque. Elle pourrait envoyer un mail au commandant. Malheureusement, dans l'immédiat, tout ce qu'elle pouvait faire, c'était faire défiler quelques mots sur sa poitrine.

CHAPITRE IV

FAUX FRÈRES

TERN MÓR, POINTE NORD DE LA PÉNINSULE

Julius Root fut surpris d'être essoufflé. Fut un temps où il était capable de courir la journée entière sans sécréter la moindre goutte de transpiration et voilà que son cœur se mettait à battre la chamade après un simple jogging de trois kilomètres. Il avait posé la navette au sommet d'une falaise plongée dans le brouillard, à la pointe nord de l'île. Bien sûr, le brouillard était artificiel, généré par un compresseur branché à la sortie des gaz. Bien entendu, le bouclier, qui dissimulait totalement l'appareil, était toujours en marche. Le brouillard n'était qu'une protection supplémentaire.

Root courait voûté, quasiment plié en deux. La course du chasseur. En se déplaçant, il éprouva la joie primale que seul l'air de la surface pouvait apporter. La mer, cet éternel Léviathan qui rappelle à tous la puissance de la Terre, rugissait de toutes parts. Le commandant Julius Root ne connaissait pas de plus grand plaisir que celui de chasser à la surface. Dans les faits, il aurait très bien pu déléguer ces initiations, mais il n'était pas disposé à abandonner ces excursions avant qu'une bleusaille ne le batte, ce qui n'était encore jamais arrivé.

Près de deux heures plus tard, le commandant fit une pause et but une longue gorgée à sa gourde. Cette traque aurait été bien plus aisée avec une paire d'ailes mécaniques mais, pour être beau joueur, il avait laissé les ailes à l'intérieur de la navette. Personne ne pourrait dire qu'il l'avait recalée grâce à un meilleur équipement.

Root avait ratissé toutes les caches les plus usitées et n'avait toujours pas trouvé le caporal Short. Holly n'était ni sur la plage, ni dans la vieille carrière, pas plus qu'elle n'était perchée en haut d'un arbre bien touffu dans le bois. Peut-être était-elle plus intelligente que le cadet moyen. Elle allait en avoir besoin car, pour survivre dans les FAR, il lui faudrait affronter les soupçons et les préjugés. Non que le commandant soit tenté de lui lâcher la bride, il la traiterait avec le même mépris condescendant dont jouissaient tous les autres subordonnés, jusqu'à ce qu'ils aient mérité mieux.

Root poursuivit sa traque, tous les sens en alerte, afin de remarquer le moindre changement dans son environnement, le moindre signe indiquant que lui-même était traqué. Les quelque deux cents espèces d'oiseaux qui nichaient dans les massifs escarpés de Tern Mór étaient inhabituellement agitées. Des mouettes poussaient des cris stridents au-dessus de sa tête, des corbeaux suivaient ses mouvements et Julius remarqua même un aigle perdu en altitude qui l'espionnait. Tout ce bruit rendait la concentration difficile, mais la situation était certainement pire encore pour le caporal Short.

Root grimpa au petit trot la côte qui dominait le domicile humain. Short ne pouvait se trouver à l'intérieur même de la maison, en revanche, elle pouvait l'utiliser comme couverture. Le commandant se tassa dans un fourré, sa combinaison vert kaki se fondant dans la frondaison.

Julius entendit quelque chose devant lui. Un grattement irrégulier. Le bruit d'un tissu frottant sur un rocher. Il s'immobilisa. Puis se contorsionna lentement pour s'enfoncer dans le feuillage. Un lapin mécontent fit une rapide volte-face avant de se réfugier dans les profondeurs de la végétation. Root eut juste le temps de voir la houppette de sa queue disparaître dans l'enchevêtrement de branchages. Le commandant ignora les ronces qui lui mordaient les épaules et continua de progresser prudemment vers l'endroit d'où venait le bruit. Ce n'était peut-être rien mais, d'un autre côté, ça pouvait aussi être tout.

Il découvrit que c'était tout. De son abri dans le fourré, Root pouvait clairement distinguer Holly, tapie derrière un gros rocher. Ce n'était pas une cachette particulièrement bien choisie. Certes, elle était protégée d'une approche par l'est, mais exposée sur tous les autres flancs. Le capitaine Kelp n'était pas en vue, probablement en train de filmer depuis une position avantageuse, en surplomb.

Root soupira.

Il fut surpris de constater qu'il était déçu. Ça aurait été sympa d'avoir une fille dans l'effectif. Quelqu'un de nouveau sur qui se défouler.

Julius sortit son pistolet de paint-ball et avança le canon dans l'entrelacement des branches du roncier. Il allait la marquer une fois ou deux pour lui apprendre la vie. Short ferait bien de se secouer et de faire mieux que ça si elle voulait jamais arborer l'insigne des FAR à son revers.

« Inutile d'utiliser les visées du casque, pensa Root. C'est un tir facile. Même pas dix mètres. » D'ailleurs, même s'il avait été difficile, il n'aurait pas utilisé son viseur. Short ne disposait pas de visées électroniques, alors lui non plus n'en utiliserait pas. Cela apporterait encore un peu d'eau à son moulin lors du savon qu'il allait lui passer au moment de lui signifier son échec à l'initiation.

C'est alors que Holly se tourna vers le fourré. Elle ne pouvait certainement pas le voir, en revanche, lui la voyait très bien et, plus important encore, il pouvait parfaitement lire les mots qui défilaient sur sa poitrine :

TURNBALL + 2

Le commandant Root ramena le canon de son pistolet dans la haie et recula d'un pas dans l'obscurité du buisson.

Julius dut faire de gros efforts pour combattre ses émotions. Turnball était de retour. Ici même. Comment cela était-il possible ? Tous les sentiments enfouis refirent aussitôt surface et lui nouèrent le ventre. Turnball était son frère et il ressentait encore de l'affection à son égard. Il avait trahi le Peuple et même voulu faire mourir de nombreuses créatures pour son seul profit. Root lui avait permis de s'échapper une fois. Il y avait longtemps. Il n'allait certainement pas laisser la chose se reproduire. Root se dissimula dans le fourré et activa son casque, tentant d'établir une liaison avec le centre de police. Tout ce qu'il avait dans son casque était un silence total. Turnball avait sûrement déclenché un orage magnétique.

Il contrôlait peut-être les ondes radio diffusées dans l'air, mais il ne contrôlait pas l'air lui-même, une matière où toute créature vivante laisse une empreinte de chaleur. Root abaissa un filtre thermique devant son viseur puis quadrilla méthodiquement la zone qui se trouvait derrière le caporal Short.

Sa recherche fut de courte durée. Deux déchirures rouges brillaient comme des balises au milieu du rose pâle des insectes et des rongeurs qui pullulaient sous la surface du champ. La forme rectiligne

de la signature thermique venait probablement d'une fuite de chaleur à travers deux feuilles de camouflage. Des tireurs à l'affût. Et le gibier, c'était lui. Ces gars n'étaient pas très pros. Sinon, ils auraient gardé le canon de leurs armes sous la couverture jusqu'au moment de s'en servir, cela aurait évité les déperditions de chaleur.

Root rengaina son pistolet de paint-ball et le remplaça par un Neutrino 500. D'habitude, pour les situations de combat, il portait un triple canon refroidi par eau mais, en l'occurrence, il ne s'attendait pas à se retrouver en situation de combat et à devoir faire usage de son arme. Il maudit intérieurement son amateurisme. « Crétin. Si tu crois que les coups durs arrivent quand ça t'arrange... » Le commandant opéra un mouvement de contournement des tireurs embusqués puis, à bonne distance, leur envoya deux salves à chacun. Ce n'était peut-être pas la manœuvre la plus chic qu'on ait vue, mais c'était certainement la plus prudente. Quand les tireurs reprendraient connaissance, ils seraient enchaînés l'un à l'autre, à l'arrière d'une navette de la police. Et si, par le plus grand des hasards, il avait tiré sur deux innocents, il n'y aurait pas de répercussions majeures.

Le commandant Root trottina jusqu'à la première planque et souleva la feuille de camouflage. Un nain gisait dans une légère déclivité du sol. Une teigne. Et bien moche avec ça. Root le reconnaissait pour avoir eu sous les yeux son mandat d'amener.

Bobb Ragby. Un sale personnage. Pile le genre de repris de justice un peu demeuré que Turnball était susceptible de rallier à sa cause et de recruter. Root s'agenouilla à côté du nain, le désarma puis le ligota, aux poignets et aux chevilles, en tirant sur la glissière des menottes en Plexiglas.

Il parcourut rapidement les cinquante mètres qui le séparaient du second tireur. Un autre fugitif bien connu de ses services : Unix B'Lob, le lutin pédestre. Ça faisait des décennies qu'il était le bras droit de Turnball. Root eut un petit sourire en menottant le lutin inconscient. Rien qu'avec ces deux-là, on pouvait déjà parler d'une bonne journée. Et elle n'était pas terminée.

Holly tentait subrepticement de déterrer le pic de la longe quand Root débarqua.

– Vous voulez peut-être que je vous donne un coup de main ? demanda Julius un rien moqueur.

– Couchez-vous, commandant, siffla Holly dès qu'elle l'aperçut. Il y a deux fusils pointés sur vous à l'instant même.

– Vous voulez parler de ces fusils-là, répondit Root en tapotant les bandoulières qui pendaient à son épaule. J'ai eu votre message. Bien joué.

Il empoigna la chaîne et l'arracha du sol.

– Les paramètres de votre mission ont évolué.

« Tu m'étonnes », ne put s'empêcher de penser Holly pendant que Root la libérait à l'aide de la pince de son omniclé.

– Il ne s'agit plus d'un exercice. Nous sommes

en situation de combat, et face à un adversaire dangereux et présumé armé.

Holly caressa sa cheville, là où la menotte l'avait meurtrie.

– Turnball, votre frère, retient le capitaine Kelp à l'intérieur du domicile humain. Il a menacé de lui faire avaler une tunnelière bleue si quoi que ce soit tourne mal dans son plan.

Root s'adossa au rocher en soupirant.

– Nous ne pouvons pas pénétrer dans l'habitation. Si nous le faisions, non seulement nous perdrions tous nos moyens mais, en plus, l'arrestation serait illégale. Turnball est malin. Il avait prévu que, même si ses hommes de main étaient mis hors course, nous ne pourrions pas prendre la maison.

– On pourrait utiliser des visées laser et abattre notre cible, suggéra Holly. Comme ça, le capitaine Kelp pourra sortir par lui-même.

Si la cible avait été n'importe qui d'autre que son propre frère, Root aurait accompagné cette proposition d'un petit sourire approbateur.

– Oui, caporal, on pourrait.

Root et Holly forcèrent la cadence pour rallier la crête qui surplombait la cellule de vie humaine. Le cottage se trouvait dans une petite dépression entourée de bouleaux argentés.

Le commandant se gratta le menton.

– Nous devons nous approcher davantage. J'ai besoin d'une ligne de tir dégagée à travers l'une des

fenêtres. Une seule chance, c'est peut-être tout ce que nous aurons.

– Vous voulez que je prenne un fusil, commandant ? demanda Holly.

– Non. Vous n'êtes pas habilitée à vous servir d'une arme. La vie du capitaine Kelp est en jeu dans cette affaire. J'ai besoin d'un doigt sûr sur la détente. En plus, même si vous touchiez Turnball, cela constituerait un vice de procédure.

– Alors que puis-je faire ?

Root vérifia les munitions des deux armes.

– Restez ici. Si Turnball réussit à me piéger, retournez à la navette et activez le signal de détresse. Si les secours n'arrivent pas et que Turnball nous trouve, enclenchez l'autodestruction.

– Mais je peux piloter la navette, protesta Holly. J'ai des centaines d'heures de simulateur dans les jambes.

– Et pas de licence de pilote, ajouta le commandant. Si vous faites voler cet engin, vous pouvez dire adieu à votre carrière. Enclenchez l'autodestruction et attendez l'arrivée du commando de Récupération. Point à la ligne, conclut-il en tendant à Holly la puce de démarrage, également pourvue d'un localisateur.

– C'est un ordre, Short, aussi vous prierai-je de quitter le petit air revêche que vous semblez tant affectionner, ça me rend nerveux. Et quand je suis nerveux, je tire. Message reçu ?

– Oui, commandant. Message reçu, commandant.

– Bien.

Holly se cacha tandis que le commandant se faufilait à travers les arbres en direction de la maison. En descendant la colline, il activa son bouclier, devenant parfaitement invisible à l'œil nu. Quand un elfe active son bouclier, il vibre à une fréquence si élevée que la rétine est incapable d'en capter la moindre image. Bien sûr, Root devrait éteindre son bouclier pour tirer sur son frère, mais cela ne serait nécessaire qu'au dernier moment.

Root sentit sur sa langue que l'air était empli de microlimailles métalliques, sans aucun doute un résidu de l'orage magnétique que Turnball avait déclenché un peu plus tôt. Il avança prudemment sur le terrain accidenté jusqu'à ce que les fenêtres de la façade soient bien en vue. Les rideaux étaient ouverts. Mais, à l'intérieur, nulle trace de Turnball ou du capitaine Kelp. Peut-être qu'en passant par derrière...

Collé au mur, le commandant rampa sur les dalles de pierre fissurées qui dessinaient un chemin autour du cottage. Des arbres bordaient les deux côtés d'un étroit jardin à l'abandon. Et, au milieu de la terrasse pavée de grosses pierres plates, assis sur un pliant, son frère, Turnball, le visage tourné vers le soleil matinal, aussi insouciant qu'on puisse l'être.

La respiration du commandant se bloqua. Son pas chancela. Son unique frère. La chair de sa chair. Un instant, Root s'imagina le prendre dans ses bras

et oublier le passé. Cela ne dura pas. Il était trop tard pour envisager une réconciliation. Des elfes avaient failli mourir et la menace existait toujours.

Root leva son arme et pointa le canon sur son frère. Il s'agissait d'un tir ridiculement facile, même un tireur médiocre aurait pu le réussir. Il ne pouvait pas croire que son frère ait été assez stupide pour s'exposer ainsi. Alors qu'il se glissait plus près, Julius fut attristé de voir à quel point Turnball était marqué. Ils n'avaient même pas un siècle de différence et pourtant son aîné semblait tout juste avoir l'énergie nécessaire pour se tenir debout. La longévité fait partie de la magie des elfes ; sans magie, le temps fait son œuvre prématurément. Le vieillissement de Turnball était spectaculaire.

– Bonjour, Julius. Je sais que tu es là. Je t'entends, dit Turnball, les paupières toujours closes. La lumière solaire est sublime, n'est-ce pas ? Comment peux-tu vivre sans elle ? Pourquoi ne désactives-tu pas ton bouclier ? Je n'ai pas vu ton visage depuis si longtemps.

Root désactiva son bouclier sans pour autant perdre de vue sa mission du jour.

– Ferme-la, Turnball. Ne m'adresse plus la parole. Tu n'es qu'un bagnard en sursis. Rien de plus.

Turnball ouvrit les yeux.

– Ah, petit frère, tu n'as pas l'air bien. Pression artérielle élevée. Sans aucun doute le résultat de cette traque acharnée à l'encontre de ma personne.

Julius ne put s'empêcher de répondre :

– C'est toi qui me parles de ma mine ? Tu ressembles à une vieille descente de lit qu'on aurait secouée une fois de trop. Et toujours cet uniforme antédiluvien sur le dos. On n'a plus de jabot depuis longtemps, Turnball. Si tu étais encore capitaine, tu le saurais.

Turnball fit bouffer son jabot.

– Est-ce vraiment tout ce dont tu veux me parler, Julius ? Chiffons ? Après tout ce temps ?

– On aura tout le temps de discuter quand je viendrai te voir en prison.

Turnball tendit nonchalamment le bras vers son frère puis laissa tomber son poignet d'un geste théâtral.

– Très bien, commandant. Emmenez-moi.

Julius était méfiant.

– Ça ne peut pas être aussi simple que ça... Qu'est-ce que tu mijotes ?

– Je suis fatigué, soupira son frère. Las de la vie au milieu des Êtres de la Boue. De vrais barbares. Je veux rentrer à la maison, même si c'est dans une cellule. Visiblement, tu as expédié mes lieutenants dans les limbes, quel autre choix ai-je à ma disposition ?

Tous les voyants mentaux que Root avait développés au cours de sa carrière d'homme en armes passèrent au rouge. Il abaissa le filtre thermique devant sa visée et constata qu'il n'y avait qu'un autre elfe à l'intérieur du cottage. Quelqu'un attaché en position assise. Sûrement le capitaine Kelp.

– Et où se trouve le charmant caporal Short ? demanda négligemment Turnball.

Root décida de garder un as dans sa manche, en cas de besoin.

– Morte, cracha-t-il dans un souffle. Ton nain l'a abattue alors qu'elle me prévenait… Un autre crime dont tu devras répondre.

– Quel autre crime ? Je ne vais tout de même pas passer plus que ma vie en captivité. Tu ferais mieux de te dépêcher de m'arrêter car, si tu ne le fais pas, je pourrais bien retourner dans cette maison.

Julius devait prendre une décision au plus vite. Turnball avait évidemment un plan. Un plan qu'il tenterait sûrement de mettre à exécution au moment où Julius lui passerait les menottes. En même temps, que pourrait-il faire s'il était inconscient ?

Sans un mot de sommation, le commandant tira une décharge de faible intensité sur son frère. Juste assez pour l'assommer quelque temps. Turnball se renversa, le visage figé par la surprise.

Root rengaina son Neutrino et se précipita vers son frère. Il voulait que Turnball se retrouve ficelé comme un saucisson quand il reviendrait à lui. Julius avança de trois pas et ressentit un malaise. Une terrible migraine. Comme s'il avait reçu un coup de masse sur la tête. Il suait à grosses gouttes. Ses sinus étaient totalement obstrués. Que lui arrivait-il ? Root tomba à genoux. Puis à quatre pattes. Il avait la sensation qu'il allait vomir ses tripes. Il avait les bras et les jambes en coton, sa tête pesait une tonne. Chaque inspiration résonnait dans son crâne comme si elle venait d'ailleurs.

Le commandant resta dans cette posture durant plus d'une minute, totalement désemparé. Un chaton aurait suffi à le mettre K.-O. pour lui voler son portefeuille. Il ne pouvait rien faire d'autre que regarder son frère reprendre ses esprits, secouer sa tête pour en extraire les derniers bourdonnements dus à la perte de connaissance avant de lentement esquisser un sourire carnassier.

Turnball se releva et, dominateur, vint se placer au-dessus de son frère réduit à l'état d'épave.

– Et maintenant ? Qui est le plus intelligent des deux ? hurla-t-il à son cadet anéanti. Qui a TOUJOURS été le plus intelligent des deux ?

Root était incapable de répondre. Tout ce qu'il pouvait encore faire était tenter de rassembler ses pensées. Pour son corps, il était trop tard.

– De la jalousie ! hurla Turnball en ouvrant les bras. Tu as toujours été jaloux de moi. Je te surpasse dans tous les domaines. C'est ça que tu ne supportes pas.

Un éclair de folie brillait maintenant dans ses yeux, il mitraillait l'air de ses postillons.

Root réussit à articuler trois mots :

– Tu es dingue.

– Non, coupa Turnball. Je suis las. Rien d'autre. Las de fuir devant mon propre frère. Tout cela est bien trop mélo pour moi. Mon cœur saigne. Je vais te vider de ta force, de ton pouvoir magique. Ensuite, tu seras comme moi. J'ai déjà enclenché le processus, désires-tu savoir comment ?

Turnball sortit une petite télécommande d'une poche de sa redingote. Il appuya sur un bouton et de brillants murs de verre se matérialisèrent autour des deux frères. Ils n'étaient plus dehors, dans le jardin, mais sous une véranda. Root était entré par une double porte grande ouverte.

– C'est mal, très mal, commandant ! railla Turnball. Vous avez pénétré dans un domicile humain sans y avoir été invité. Ceci est contraire aux règles du Peuple. Refaites ça encore plusieurs fois et votre magie sera éteinte à jamais.

La tête de Root pencha encore davantage vers le sol. C'est en courant qu'il s'était précipité dans le piège tendu par Turnball, comme une bleusaille tout juste sortie de l'académie. Il avait suffi à son frère d'installer quelques feuilles de camouflage et quelques projecteurs pour cacher la véranda. Et ça avait marché. Maintenant, son seul espoir reposait sur Holly Short. Et si Turnball avait réussi à duper le capitaine Kelp et lui-même, quelle chance pouvait avoir cette fille ?

Turnball attrapa Root par la peau du cou et le traîna à l'intérieur de la maison.

– Tu n'as pas l'air bien, dit-il faussement inquiet. Il vaut mieux que tu rentres.

Chapitre V

Cruel dilemme

Holly assista à la capture du commandant depuis son observatoire en haut de la colline. Quand Root était tombé, elle avait bondi et s'était ruée pour descendre, bien décidée à ignorer les ordres et à lui venir en aide. La soudaine réapparition de la véranda la stoppa net dans son élan. A moins de pouvoir, d'une manière ou d'une autre, sauver le commandant tout en vomissant, elle ne serait d'aucune utilité dans les murs de la maison. Il devait y avoir un autre moyen.

Holly fit demi-tour et remonta la colline à toute allure. Plantant ses ongles dans la terre pour assurer ses appuis, elle se hissa le long de la pente, en direction du bois. Une fois à couvert, elle activa le localisateur de la navette. Les ordres étaient en effet de retourner à l'appareil et d'envoyer un message de détresse. Peut-être pourrait-il passer à travers le brouillage.

Mais il serait déjà certainement trop tard.

Elle courut à travers la lande. Une herbe grasse collait à ses bottes. Les oiseaux tournoyaient au-dessus de sa tête, leurs cris sinistres faisant écho à son propre désarroi. Le vent lui fouettait le visage, ralentissant sa course, comme si, ce jour-là, même les éléments avaient pris fait et cause contre les FAR.

Le localisateur la mena à travers un torrent qui lui arrivait au-dessus du genou. L'eau glacée s'insinua dans les interstices de son uniforme, dégoulinant le long de ses jambes. Elle n'y prêta aucune attention, tout comme elle ignora une truite longue comme son bras, qui semblait très intriguée par le tissu de sa combinaison. Elle se rua en avant, escaladant une palissade, avant de se lancer dans l'ascension d'une colline particulièrement pentue, coiffée d'une épaisse nappe de brouillard qui évoquait un supplément de crème Chantilly sur une part de gâteau.

Holly sentit le brouillard bien avant de l'avoir atteint. Il était artificiel, chimique. De toute évidence, la navette se trouvait à l'intérieur de cette purée de pois.

Rassemblant ses dernières forces, elle se fraya difficilement un chemin à travers le brouillard artificiel et télécommanda l'ouverture de la porte de la navette. Elle s'écroula à l'intérieur, un bref instant parfaitement immobile, le visage collé à la paroi, inspirant de grandes bouffées d'air. Très vite, elle se redressa et, appuyée sur la carlingue, elle enfonça d'un doigt ferme le bouton d'appel d'urgence sur le tableau de bord.

L'icône du signal de détresse se mit à clignoter, immédiatement suivi par une forte baisse d'intensité de l'alimentation générale. Le signal ne passait pas. La désillusion était telle qu'elle en était réduite à regarder d'un œil morne les messages d'erreur s'afficher les uns après les autres sur l'écran plasma. Elle se retrouvait assise dans une navette à la technologie hypersophistiquée, un appareil dont le coût devait se chiffrer en millions de lingots, et les ordres étaient de ne rien faire.

Le capitaine Kelp et le commandant Root étaient en danger de mort et les ordres étaient de se tourner les pouces. Si elle prenait les commandes de la navette, cela constituerait une violation caractérisée d'un ordre et sa carrière au sein des commandos des FAR serait terminée avant même d'avoir commencé. Mais si elle ne décollait pas, ses compagnons d'armes étaient perdus. Qu'est-ce qui comptait le plus ? La carrière ou la vie de ses compagnons d'armes ?

Holly enfonça la carte à puce dans son logement sur le tableau de bord. La procédure de mise à feu s'enclencha. Elle boucla son harnais.

Turnball Root jubilait. Le moment tant attendu au cours des dernières décennies était enfin arrivé. Son jeune frère était à sa merci.

– Je pense te garder ici pendant les prochaines

vingt-quatre heures, jusqu'à ce que ta magie soit totalement épuisée. Ensuite, nous pourrions redevenir frères. Former à nouveau une équipe, une équipe soudée par les liens du sang. Finalement, peut-être vas-tu décider de te joindre à moi. Et si tu refuses, tu ne seras certainement pas chargé de me poursuivre. Les FAR n'acceptent pas en leur sein des personnels ne disposant plus de pouvoir magique.

Root était roulé en boule par terre, le visage plus vert que le derrière d'un lutin.

– Tu peux toujours rêver ! grommela-t-il. Tu n'es plus mon frère depuis longtemps.

– Tu vas bien vite changer d'opinion à mon égard, mon petit, dit Turnball en lui pinçant la joue. Tu serais surpris de voir à qui serait capable de se vendre un elfe désespéré. Crois-moi, j'en sais quelque chose.

– Compte là-dessus.

Turnball soupira.

– Toujours aussi obstiné. Peut-être même caresses-tu l'idée de t'évader. Ou peut-être crois-tu qu'au bout du compte, je n'aurai pas le courage de faire du mal à mon petit frère. C'est ça ? Tu crois que j'ai un cœur ? Je crois qu'une petite démonstration s'impose...

Turnball releva la tête du capitaine Kelp, pitoyablement penchée en avant. Baroud était à peine conscient. Il avait passé trop de temps dans la maison. Il ne pourrait jamais plus être chauffé au rouge à cent pour cent de son potentiel.

Pas sans une bonne infusion préparée par une équipe de sorciers. Et vite. Sinon, il garderait des séquelles à vie.

Turnball fourra une petite cage sous le nez de Baroud. A l'intérieur, une tunnelière bleue grattait le grillage.

– J'aime ces créatures, dit gentiment Turnball. Elles viendraient à bout de n'importe quel obstacle pour survivre. Elles ne sont pas sans me ressembler. Cette petite ne va pas perdre son temps avec le capitaine. Tu vas voir.

– Turnball ! Non ! souffla Root en tentant de lever la main.

– Je dois le faire, répondit-il. Mais tu verras, ce sera vite passé. De toute façon, tu ne peux rien y changer.

– Turnball, c'est un meurtre.

– Appelle ça comme tu voudras. La terminologie m'importe peu.

Turnball Root avança les doigts vers le minuscule écrou. Le fermoir ne tenait plus que par quelques millimètres de filetage quand la pointe en alliage de la colonne de communication vocale transperça le toit puis se planta dans les lattes du plancher. La voix amplifiée de Holly explosa dans les haut-parleurs, faisant trembler la maison jusque dans ses fondations.

– Turnball Root. Relâchez vos prisonniers et rendez-vous.

Turnball revissa l'écrou et rempocha la cage.

– La fille est morte, hein ? Quand cesseras-tu de me mentir, Julius ?

Julius Root était trop faible pour répondre. Le monde entier était devenu un mauvais rêve. Il pataugeait en pleine mélasse.

Turnball détailla la colonne audio-com. Il savait qu'elle transmettrait ses mots à la navette.

– Le joli caporal est vivant et en pleine forme. Bah, qu'est-ce que ça change ? Vous ne pouvez pas entrer et moi je ne veux pas sortir. Si vous entrez, je partirai libre. Et en plus j'aurai gagné une navette. Si vous essayez de me garder alors que je suis prêt à partir, l'arrestation sera illégale et mon avocat vous étripera, comme on étripe les baleines sur les chalutiers humains.

– Je vais réduire cette maison en poussière, prévint Holly.

Turnball écarta les bras.

– Faites tout sauter, vous mettrez un terme à mes souffrances. Mais, à la première décharge, je livre le commandant en pâture à mon araignée. Les frères Root ne survivront pas à cet assaut. Regardez la réalité en face, caporal. Tant que cette maison sera debout, vous ne pourrez pas gagner la partie.

Dans sa navette, surplombant la scène, Holly réalisa que Turnball avait envisagé toutes les possibilités. Il connaissait mieux qu'elle le code de procédure des FAR. Elle avait les commandes de l'appareil, mais lui avait celles de la situation. Si elle violait les règles, il n'aurait plus qu'à s'en aller tranquillement et à décoller à bord de sa propre navette, qu'il avait sans aucun doute cachée dans les parages.

– Tant que cette maison sera debout, vous ne pourrez pas gagner la partie.

Il avait raison. Elle ne pouvait rien faire tant que ses collègues officiers étaient dans les murs du domicile humain. Mais qu'adviendrait-il s'il n'y avait plus de murs ?

Holly fit un tour rapide des caractéristiques techniques de la navette. Elle était équipée de griffes d'arrimage standard, en proue et en poupe. Elles permettaient d'équilibrer l'appareil en cas d'atterrissage sur terrain pentu, mais pouvaient également être utilisées pour remorquer d'autres véhicules et vraisemblablement aussi pour d'autres opérations moins conventionnelles.

« Tant que cette maison sera debout, vous ne pourrez pas gagner la partie. »

Holly sentit des gouttes de sueur couler le long de sa nuque. Avait-elle complètement perdu la tête ? Le plan qu'elle avait imaginé avait-il une seule chance de tenir plus d'une seconde devant une cour de justice ? Qu'importe. Des vies étaient en jeu.

Elle fit sauter les protections des griffes d'arrimage, orientant la capsule pour que son nez pointe vers la maison.

– Dernière sommation, dit Holly dans la colonne audio-com. Êtes-vous décidé à sortir ?

– Pas tout à fait, ma chère, répondit Turnball

d'une voix sarcastique, avant d'ajouter, d'un ton exagérément enjôleur : mais vous ? Que diriez-vous d'entrer et de vous joindre à nous ?

Holly ne se perdit pas en conjectures et déploya les griffes d'arrimage avant en appuyant sur un commutateur. Sur ces navettes, le système fonctionnait par opposition des champs magnétiques. La sortie des griffes, qui traversèrent sans aucune difficulté le toit du cottage, s'accompagna donc d'une légère oscillation des aiguilles des compteurs du tableau de bord.

Elle déroula une quinzaine de mètres de câble, de manière à ce que les grappins ne soient pas à hauteur de tête. Des harpons jaillirent des griffes d'arrimage et se plantèrent indifféremment dans les lattes du plancher, les solives ou les cloisons de plâtre. Holly enclencha ensuite la rétractation des pinces et arracha ainsi la toiture et quelques cloisons. Une grande partie du toit avait ainsi disparu. Le mur sud chancelait dangereusement. Holly se dépêcha de prendre un cliché et de le transmettre à l'ordinateur pour analyse.

– Ordinateur, commande vocale.

– Enclenchée, répondit le calculateur qui avait le même timbre de voix que Foaly, le magicien de l'informatique en charge du matériel des FAR.

– Localisation des points de soutènement.

– Localisation en cours.

Quelques secondes plus tard, l'ordinateur avait transformé la photo en une représentation filaire

3D où quatre points rouges palpitaient doucement. Il suffisait qu'elle en frappe un pour que la maison entière s'écroule. Holly détailla le graphique. La démolition était une de ses matières préférées à l'académie, aussi nota-t-elle immédiatement que si elle retirait la poutre soutenant le plancher du premier étage à partir du pignon, tout le reste de la maison s'écroulerait vers l'extérieur.

Turnball fulminait :

– A quoi est-ce que vous jouez ? beugla-t-il. Vous ne pouvez pas faire ça. C'est contraire au règlement. Même si vous arrachez le toit, vous ne pourrez pas pénétrer dans cette maison.

– Quelle maison ? demanda Holly en tirant la troisième pince.

Le harpon se ficha dans la traverse, à la jonction du mur de brique, l'arrachant de son logement. Le bâti poussa un long gémissement puis, à la manière d'un géant mortellement blessé, chancela une dernière fois et s'écroula. Dans sa soudaineté, l'effondrement avait quelque chose de comique. Comme si la maison avait éclos et fané. D'un coup. Tout juste si une brique tomba à l'intérieur. Turnball Root n'avait plus d'endroit où se cacher.

Le point rouge d'une visée laser se posa sur sa poitrine.

– Un seul pas, déclara Holly, et je vous fais frire.

– Vous ne pouvez pas me tirer dessus, rétorqua Turnball. Vous n'êtes pas habilitée à faire usage d'une arme.

– Parfaitement exact, dit une voix derrière lui. Mais moi si.

Baroud Kelp se tenait debout, traînant son immense chaise derrière lui. Il se jeta sur Turnball Root. Tous deux tombèrent par terre, se mélangeant dans une inextricable mêlée de bras, de jambes et de bouts de bois.

Au-dessus, dans sa navette, Holly tapa rageusement sur le tableau de bord. Elle aurait parfaitement pu tirer sur Turnball qu'elle tenait dans sa ligne de mire il y a une seconde encore. Car, de toute manière, il était un peu tard pour se préoccuper du règlement, elle était prête à faire feu. Elle reprit les commandes et, après un rapide piqué, posa l'engin à distance de la maison.

Au milieu des ruines du cottage, le commandant Root retrouvait lentement ses forces. Maintenant que le domicile humain avait été réduit en miettes, le mal refluait rapidement.

Il toussa, secoua la tête, puis se mit péniblement sur ses genoux.

Baroud luttait toujours contre Turnball au milieu des décombres. Il luttait, et perdait du terrain. Turnball avait beau être plus vieux, il était parfaitement lucide et, qui plus est, animé de l'énergie des possédés. Une pluie de coups de poing s'abattait sur le visage du capitaine.

Julius ramassa un fusil tombé à terre.

– Abandonne, Turnball, dit-il d'une voix cassée. C'est fini.

Turnball baissa alors lentement les épaules puis se retourna vers le commandant.

– Ah, Julius... Mon petit frère. Comme on se retrouve... Une fois de plus... Dans une lutte fratricide.

– Arrête de parler, tu veux ? Allonge-toi plutôt face contre terre. Les mains derrière la tête. Tu connais la chanson.

A la position couchée, Turnball préférait visiblement la position debout car il se redressait lentement tout en abreuvant son frère de paroles rassurantes :

– Ceci n'est pas forcément la fin. Laisse-moi m'en aller. Je sortirai de ta vie pour toujours. Tu n'entendras plus jamais parler de moi, je te le jure. Toute cette affaire était une erreur, je m'en rends compte maintenant. Je regrette de m'y être engagé... sincèrement.

L'énergie du commandant Root refaisait surface, le confortant dans sa résolution.

– Tais-toi, Turnball, ça pourrait me donner envie de te descendre à l'instant même.

– Tu ne peux pas me tuer, répondit-il avec un large sourire. On est de la même famille.

– Je n'ai pas besoin de te tuer. Juste de t'assommer. Maintenant, regarde-moi dans les yeux et ose me dire que je ne le ferai pas.

Turnball chercha le regard de son frère et n'y trouva aucune raison de mettre en doute ce qu'il disait.

– Je ne veux pas aller en prison, p'tit frère. Je ne

suis pas un criminel de droit commun. La prison me serait insupportable.

En un éclair, Turnball plongea une main dans sa poche à la recherche de la petite cage grillagée. Il fit sauter le fermoir et avala l'araignée.

– C'est l'histoire d'un vieil homme qui avale une araignée, déclara-t-il avant d'ajouter dans un souffle : Adieu, frère.

Root traversa la cuisine en ruine en deux enjambées, se rua sur un placard écroulé, en arracha pratiquement la porte et se mit à fouiller nerveusement dans les réserves de nourriture qui s'y trouvaient. Il attrapa un bocal de café instantané et en fit sauter le couvercle. Deux pas de plus et il se retrouva à genoux à côté de son frère gisant à terre, et lui enfonça des poignées de café soluble au fond de la gorge.

– Tu ne vas pas t'en tirer à si bon compte, Turnball. Tu ES un criminel de droit commun et, en tant que tel, tu vas aller en prison.

Quelques minutes plus tard, les convulsions de Turnball cessèrent. L'araignée était morte. Quant au vieil elfe, il avait souffert, mais il était vivant. Root l'attacha rapidement à l'aide de deux paires de menottes en Plexiglas puis courut prêter assistance à Baroud.

Le capitaine s'était déjà rassis.

– N'y voyez aucune offense, commandant, mais votre frère cogne comme un gnome.

Root esquissa un sourire.

– Heureusement pour vous, capitaine.

Holly traversa le jardin en courant puis, sans ralentir la cadence, ce qui un jour avait été un salon, pour faire irruption dans la cuisine.

– Tout va bien ?

Même pour un officier aussi aguerri que le commandant Root, la journée avait été particulièrement éprouvante.

La coupe était déjà pleine. Holly serait la goutte d'eau qui la ferait déborder.

– Non, Short, tout ne va pas bien, aboya Root en époussetant sa veste. Mon initiation a été sabotée par un criminel notoire, mon capitaine s'est laissé ficeler comme une dinde de Noël et vous, vous avez désobéi à un ordre de votre hiérarchie en prenant les commandes de cette navette. Ce qui veut dire que toute notre procédure peut être attaquée en nullité.

– Seulement celle-là, nuança Baroud. Ça lui laisse encore quelques vies à passer derrière les barreaux pour ses crimes passés.

– Là n'est pas la question, le coupa Root sur un ton implacable. Je ne peux pas vous faire confiance, Short. Vous nous avez sauvés, c'est vrai, mais le propre des FAR, c'est la discrétion, le secret, la discipline, autant de qualités qui vous font cruellement défaut. Cela peut paraître excessif, surtout après ce que vous avez accompli, mais j'ai bien peur qu'il n'y ait pas de place pour vous dans mon unité.

– Commandant, objecta Baroud. Vous ne pouvez décemment pas la recaler après ce qu'elle a fait.

Si elle n'avait pas été là, je serais en train de me biodégrader à l'heure qu'il est.

– La décision ne vous appartient pas, capitaine. Pas plus que cette bataille n'était la vôtre. La confiance est le ciment de notre unité et le caporal Short n'a rien fait pour mériter la mienne.

Baroud était sidéré.

– Je vous prie de bien vouloir m'excuser, commandant, mais vous ne lui avez pas vraiment donné sa chance.

Root fusilla son subalterne du regard. Baroud était un de ses meilleurs éléments et voilà qu'il paraissait prêt à mettre sa tête sur le billot pour cette fille.

– Très bien, Short. Si vous pensez pouvoir me faire changer d'avis de quelque façon que ce soit, c'est le moment. Et je vous conseille d'en profiter car il ne durera pas... Alors ?

Holly jeta un coup d'œil à Baroud et elle aurait juré qu'il lui avait fait un clin d'œil. Cela lui donna le courage de tenter l'impensable. Un acte atrocement insolent et indiscipliné, surtout dans ces circonstances.

– Très bien, commandant, ne bougez pas.

Holly dégaina son pistolet de paint-ball et, à la volée, tira trois coups sur la poitrine du commandant Julius Root. L'impact le fit reculer d'un pas.

– Vous me touchez avant que je ne vous touche et hop, vous y êtes, marmonna Holly. Incorporée d'office.

Baroud riait à gorge déployée, au sens propre du terme. Son malaise n'était pas encore totalement dissipé et son fou rire provoqua quelques régurgitations.

– Oh, mon Dieu, haleta-t-il entre deux haut-le-cœur. Elle vous a eu sur ce coup-là, Julius. C'est exactement ce que vous avez déclaré à tous les candidats durant les cent dernières années.

Root passa un doigt sur la peinture coagulée qui maculait son gilet de protection.

Holly regardait ses pieds, convaincue qu'elle était sur le point d'être flanquée définitivement à la porte des FAR. Un peu plus loin, sur la gauche, Turnball réclamait son avocat à grands cris. Des nuées d'oiseaux, appartenant pour la plupart à des espèces menacées, tourbillonnaient dans le ciel tandis que, dans leur champ, Unix et Bobb se demandaient certainement ce qui leur était arrivé.

Holly se risqua finalement à lever les yeux. Les traits du commandant étaient tordus sous l'assaut de sentiments contradictoires. La colère le disputait à l'incrédulité et peut-être – mais seulement peut-être – à une touche d'admiration.

– Vous m'avez touché, déclara-t-il finalement.

– Affirmatif, reconnut Baroud. Elle vous a touché.

– Et j'ai déclaré que…

– Sans aucun doute possible.

Root pivota vers Baroud.

– Vous êtes, quoi vous ? Un perroquet ? Est-ce que vous pouvez fermer votre clapet deux secondes ? J'ai mon orgueil à défendre sur ce coup-là.

Baroud verrouilla ses mâchoires à double tour et lança au loin une clé imaginaire.

– Ça va coûter une fortune au département, Short. Vous avez conscience que nous allons devoir entièrement reconstruire cet endroit, ou déclencher un mini raz de marée, pour couvrir vos dégâts. Six mois de budget vont y passer.

– Je sais, commandant, répondit humblement Holly. Désolée, commandant.

Root attrapa son portefeuille, en sortit un jeu d'insignes à glands d'argent, et le lança à Holly. Sous l'effet de la surprise, celle-ci faillit bien ne pas le rattraper.

– Accrochez ça. Bienvenue chez les FARfadet.

– Merci, commandant, dit Holly en agrafant l'insigne à son revers.

Un rayon de soleil se posa dessus et il étincela comme un satellite.

– La première femme à intégrer l'unité des FARfadet, grogna le commandant sur un ton plaintif.

Holly baissa la tête pour cacher son sourire.

– Vous abandonnerez dans six mois, poursuivit Root. Et ça va probablement encore me coûter une fortune.

Si la première proposition était fausse, en revanche, la seconde allait se révéler parfaitement exacte.

Le Livre des fées

Écrit en gnomique, il contient l'histoire et les secrets du Peuple. Jusqu'à présent, Artemis Fowl était le seul humain sachant lire cette langue ancienne. Mais, grâce à l'alphabet de la page 87, toi aussi, tu vas pouvoir percer le sens de cet ancestral code de conduite.

ALPHABET GNOMIQUE

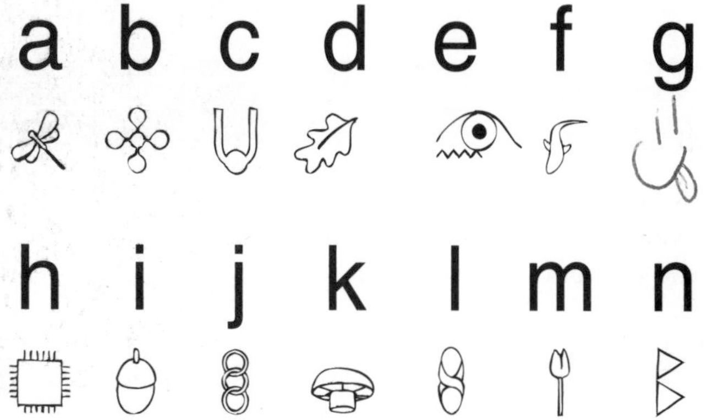

a b c d e f g

h i j k l m n

o p q r s t u

v w x y z espace point

LE PEUPLE
essai de nomenclature

Elfes

Description
Environ un mètre de haut • Oreilles pointues
Peau brune • Cheveux rouges

Ils sont...
Intelligents • Grand sens de la justice • Très loyaux • Humour sarcastique, bien que ce dernier trait ne soit peut-être que le fait d'un certain officier féminin des FAR.

Ils aiment...
Voler, que ce soit à bord d'un appareil ou avec des ailes.

Situations à éviter
Ils n'apprécient pas qu'on les kidnappe, encore moins qu'on leur vole leur or.

Le Peuple des fées est composé de nombreuses espèces. Il importe de connaître chacune d'elles si on veut savoir à qui l'on a affaire. Voici quelques informations recueillies par Artemis Fowl au cours de ses aventures. Elles sont confidentielles et ne doivent PAS tomber dans de mauvaises mains. L'avenir du Peuple en dépend.

Nains

Description
Petits, rondouillards et poilus • Excellente dentition, idéales pour réduire en bouillie… euh, pratiquement n'importe quoi • Mâchoires désolidarisables leur permettant de creuser des tunnels • Poils de barbe munis de capteurs sensoriels • Épiderme agissant comme une ventouse lorsqu'ils sont déshydratés • Odorants.

Ils sont…
Sensibles • Intelligents • Pas toujours honnêtes.

Ils aiment…
L'or et les pierres précieuses • Creuser des tunnels • L'obscurité.

Situations à éviter
Se trouver en leur compagnie dans un lieu confiné alors qu'ils viennent de creuser un tunnel et d'accumuler un trop-plein d'air • Au moindre geste en direction du rabat de leur pantalon… Fuyez!

Trolls

Description
Immenses. Aussi gros qu'un éléphant • Yeux sensibles à la lumière • Détestent le bruit • Chevelus (dreadlocks) • Langue verte • Des défenses, comme celles d'un sanglier vraiment sauvage • Serres rétractables • Des dents (beaucoup, beaucoup de dents!) • Dotés d'une force exceptionnelle • Un point sensible à la base du crâne.

Ils sont...
Très, très stupides. Les trolls ont un minuscule cerveau • Méchants • Irascibles.

Ils aiment...
Manger (tout et n'importe quoi). Pour un petit creux, prévoir une ou deux vaches.

Situations à éviter
Vous plaisantez? Si vous pensez qu'un troll se trouve dans les parages, fuyez!

Gobelins

Description
Squameux • Yeux dépourvus de paupières. Ils lèchent leurs globes oculaires pour les humecter • Capables de cracher des boules de feu • Courent à quatre pattes quand ils veulent aller vite • Langue fourchue • Moins d'un mètre • Peau visqueuse, à l'épreuve du feu.

Ils sont...
Pas intelligents, mais rusés • Ergoteurs • Ambitieux • Fascinés par le pouvoir.

Ils aiment...
Le feu • Les joutes verbales • Le pouvoir.

Situations à éviter
Ne restez pas dans les parages quand ils lancent des boules de feu.

Centaures

Description
Mi-homme, mi-poney • Velus – ça va de soi ! •
Leurs sabots peuvent souffrir de sécheresse sévère.

Ils sont...
Extrêmement intelligents • Futiles • Tendances paranoïaques • Aimables • Gourous des nouvelles technologies.

Ils aiment...
Étaler leur science • Inventer de nouvelles choses.

Situations à éviter
Ils ne sont pas physiquement dangereux, en revanche ils peuvent devenir hargneux si vous critiquez leur dernière trouvaille, tripotez leur disque dur ou empruntez leur crème hydratante pour sabots.

Lutins

Description
Environ un mètre • Oreilles pointues • Peau verte •
Une paire d'ailes.

Réputation
Intelligence moyenne • Le plus souvent insouciants.

Ils aiment
Plus que tout autre chose : voler. En surface ou sous la terre.

Situations à éviter
Prenez garde aux lutins qui font du rase-mottes.
Ils ne regardent pas toujours où ils vont.

Gnomes

Description
Environ un mètre • Oreilles pointues • Mis à part leurs oreilles et leur taille, les gnomes ressemblent à des humains.

Réputation
Extrêmement intelligents • Sans aucune moralité • Rusés • Arrivistes • Vénaux.

Ils aiment
Le pouvoir et l'argent • Le chocolat.

Situations à éviter
Évitez de jouer au plus fin avec un gnome, surtout s'il est aussi intelligent et impitoyable qu'Opale Koboï. A moins, bien sûr, que vous ne soyez aussi brillant qu'Artemis Fowl.

Interview d'ARTEMIS FOWL, deuxième du nom

Si vous n'étiez pas un génie du crime, quelle profession auriez-vous aimé exercer ?
Je pense qu'il reste beaucoup à faire dans le champ de la psychologie. Si mes entreprises criminelles n'accaparaient pas l'essentiel de mon temps, je crois que je tenterais de réparer quelques erreurs commises par MM. Freud et Jung.

Quelle est la nature de vos sentiments pour le capitaine Holly Short ?
J'ai un immense respect pour le capitaine Short. J'ai d'ailleurs longtemps espéré qu'Holly rejoindrait mon camp, comme ce fut le cas un temps. Mais je sais qu'elle ne le fera jamais. Elle a trop de principes. Et si elle les abandonnait, je crois que je perdrais aussi mon respect pour elle.

Vous avez beaucoup voyagé, quel est l'endroit que vous préférez et pourquoi ?
Sans aucun doute l'Irlande. « L'endroit le plus magique », comme dit le Peuple des fées. Les paysages sont à couper le souffle et les gens qui les habitent sont authentiques et pleins d'esprit, même si, comme tout le monde, ils possèdent leur part d'ombre.

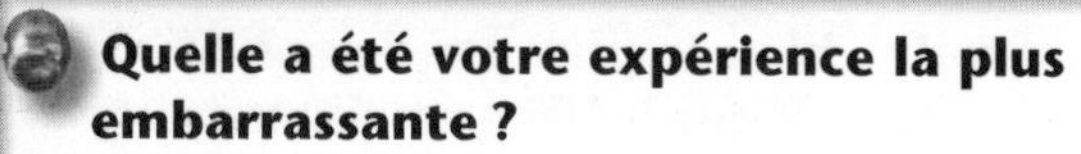

Quelle a été votre expérience la plus embarrassante ?

Un jour, je n'ai réussi que quatre-vingt-dix-neuf pour cent d'un devoir de mathématiques. Je me suis senti humilié. J'avais oublié d'arrondir à la troisième décimale. Vous imaginez mon désarroi ?

Votre livre préféré ?

Mon livre de la semaine est *Sa Majesté des mouches* de William Golding. Une étude de comportement fascinante sur un groupe de garçons échoués sur une île. Je ne peux m'empêcher de penser que, si je m'étais trouvé là, j'aurais pris les commandes de ce microcosme en quelques jours.

Votre chanson préférée ?

J'écoute très peu de musique pop, à l'exception de David Bowie, qui est un véritable caméléon. Avec lui, on ne sait jamais à quoi s'attendre… Bowie est un personnage fascinant à qui je ne désespère pas de proposer une affaire de mon cru. Il s'agirait de redécouvrir un opéra de Mozart oublié… Un opéra dont il va de soi qu'il est déjà écrit… par mes soins. De tout le répertoire du sieur Bowie, mon titre préféré est *It's No Game*, Part 2, sur l'album *Scary Monsters*.

Qu'est-ce qui pourrait vous empêcher de dormir ?

Mes projets. La nuit, les idées se bousculent dans ma tête et me tiennent éveillé. En outre, il m'arrive de regretter certains de mes actes. Lorsque pareil sentiment de culpabilité grandit en moi, je fonce sur Internet pour contrôler le solde de mon compte courant et, rapidement, je m'apaise.

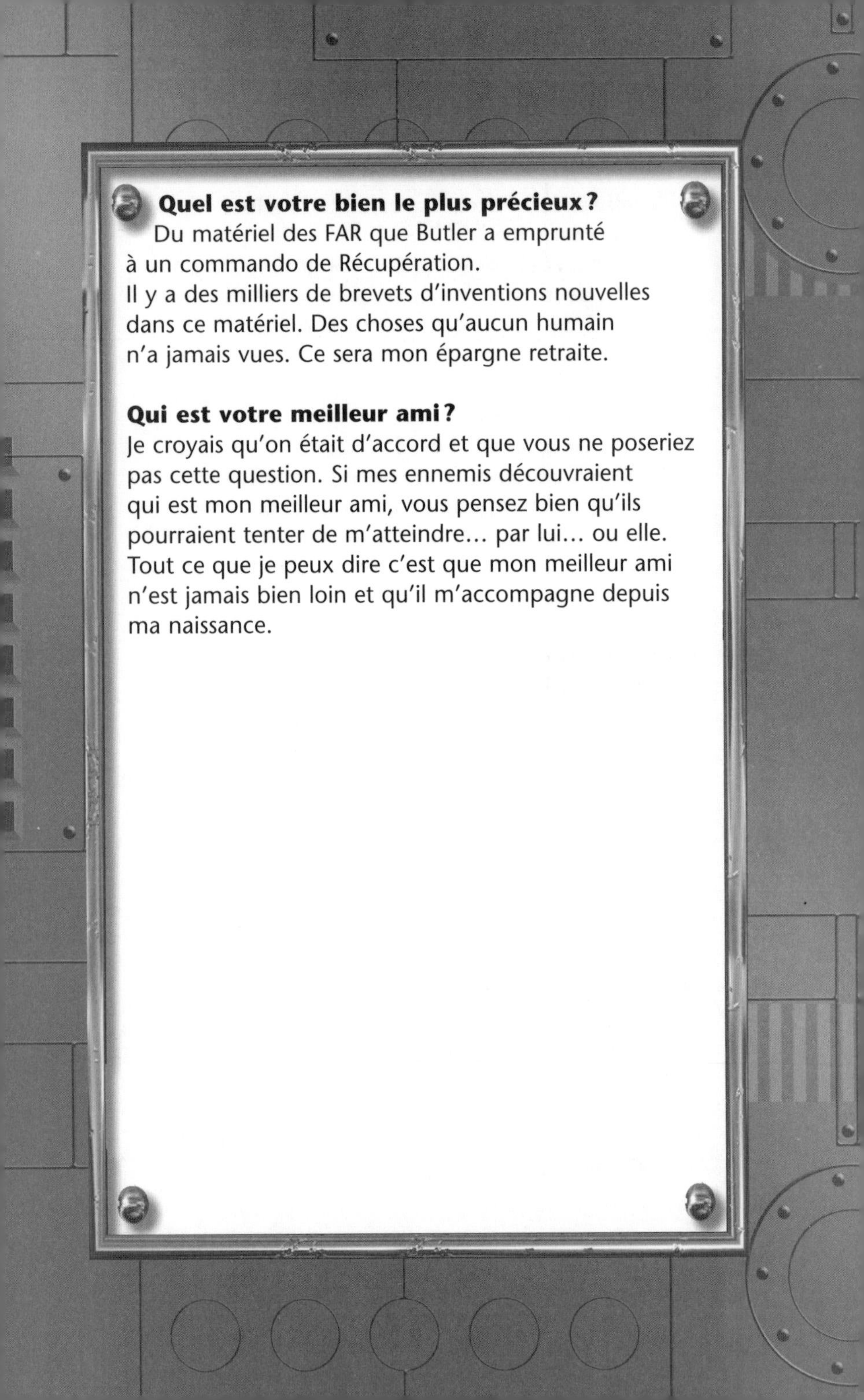

Quel est votre bien le plus précieux ?

Du matériel des FAR que Butler a emprunté à un commando de Récupération.
Il y a des milliers de brevets d'inventions nouvelles dans ce matériel. Des choses qu'aucun humain n'a jamais vues. Ce sera mon épargne retraite.

Qui est votre meilleur ami ?

Je croyais qu'on était d'accord et que vous ne poseriez pas cette question. Si mes ennemis découvraient qui est mon meilleur ami, vous pensez bien qu'ils pourraient tenter de m'atteindre... par lui... ou elle. Tout ce que je peux dire c'est que mon meilleur ami n'est jamais bien loin et qu'il m'accompagne depuis ma naissance.

Interview du capitaine Holly Short

Regrettez-vous d'être la seule représentante féminine des FARfadet ?
Certains jours, c'est pesant. Ce serait sympa d'avoir une collègue femme pour discuter à la fin d'une longue journée. Au début, certains officiers m'ont mené la vie dure. Mais aujourd'hui, ils sont plus occupés à essayer d'égaler mes états de service qu'à m'insulter.

Quel est votre plus beau fait d'armes ?
Avoir écrasé la révolte des gobelins. Si ces gangsters visqueux avaient réussi à prendre le centre de police, toute notre civilisation aurait été menacée.

Quelle a été votre expérience la plus embarrassante ?
J'ai été mordue au derrière par un crapaud-buffle. Nous étions en train de fouiller un tunnel à la recherche d'un troll en cavale et cette... chose... a jailli d'un trou et a arraché un bout de ma fesse. Un petit morceau, certes, mais le venin a fait enfler la plaie. Jamais je ne pourrai oublier ça. J'espère seulement qu'Artemis Fowl n'aura jamais vent de cet incident.

Vous êtes souvent en conflit avec le commandant Root parce que vous ne respectez pas le règlement. Aviez-vous les mêmes difficultés durant votre scolarité ? Le même problème pour vous plier aux règles ?
Mon père m'a toujours appris à faire le bien. Quel que soit le prix à payer. C'est précisément le principe que je tente de mettre en pratique. Les règles sont importantes, mais agir de manière juste l'est encore davantage. Effectivement, cela m'a parfois posé des problèmes lors des années de formation. Je ne peux pas me taire si je vois quelqu'un être victime de persécutions, ou puni injustement. On ne se refait pas...

Quelle était votre matière préférée à l'école ?
J'aimais bien les cours d'histoire virtuelle. On met un visio-casque et on voyage à travers le temps. Ces casques sont vraiment incroyables. Ils ont même un système de filtres à air qui permet de « sentir » la période qu'on étudie.

Au fond, que pensez-vous d'Artemis Fowl ?
Je suis partagée. Une part de moi voudrait bien le prendre dans ses bras et l'autre le jeter dans une cellule pendant quelques mois pour lui donner une bonne leçon. En dépit de son intelligence – par ailleurs brillante –, il ne saisit pas toutes les conséquences de ses actes. Chaque fois qu'il monte un mauvais coup, quelqu'un en souffre. Butler ne sera pas toujours là pour le sauver. Et je ne serai pas toujours là pour sauver Butler.

Quels sont vos passe-temps favoris ?

Je lis beaucoup. Essentiellement des classiques. J'aime tout particulièrement Horri Antowitz et Burger Melviss, pour la qualité de leurs intrigues. Je fais aussi beaucoup de crunchball. Je participe au championnat de la police... Je suis deuxième ligne... Et, croyez-moi, je me donne à fond.

Quel est votre bien le plus précieux ?

L'insigne aux glands d'argent que j'ai reçu des propres mains du commandant Root. Peu importe le nombre de décorations que je récolterai ou le grade auquel je serai promue. Mon premier insigne des FAR est ce que je possède de plus cher.

Qu'est-ce qui pourrait vous empêcher de dormir ?

Certaines nuits, allongée dans mon lit, je pense à ce que les humains font à la planète. Et je me demande combien de temps il nous reste avant d'être découverts. Parfois, quand je suis un peu trop angoissée, je jurerais entendre des mécaniques humaines, au-dessus de ma tête, qui fouillent la terre, percent, creusent.

Qui est votre meilleur ami ?

Difficile question. Je vais devoir en citer deux : Foaly et le capitaine Baroud Kelp. Tous deux m'ont sauvé plus d'une fois la vie. Et ils m'ont toujours soutenue, y compris dans les moments difficiles, quand personne ne voulait plus entendre parler de moi.

Interview de BUTLER

Vos trois conseils pour devenir un parfait garde du corps ?

Entraînez-vous dur : rien ne remplace la connaissance. Faites confiance à vos sens : ils possèdent l'expérience dont vous avez besoin. Soyez prêts à tout sacrifier pour votre boulot.

Vous êtes très proche de votre jeune sœur, Juliet. Comment avez-vous accueilli sa volonté de suivre vos traces et pensez-vous qu'elle fera un bon garde du corps ?

J'ai longtemps espéré que Juliet choisirait une autre profession. Elle aime trop la vie pour ne pas se sentir à l'étroit dans un habit de garde du corps. Je pense qu'elle peut encore changer d'avis et se diriger vers un métier moins dangereux, comme le catch.

Que possédez-vous de plus précieux ?

Ce que je possède de plus précieux est dessiné sur ma peau. Un tatouage. En forme de diamant bleu, souvenir de l'académie de protection rapprochée de Mme Ko. Je suis le plus jeune diplômé de l'histoire de cette institution et ce tatouage me donne accès à des sphères dont la plupart des gens ignorent jusqu'à l'existence. C'est un peu comme porter un curriculum vitæ sur le bras.

Quel est votre livre préféré ?

Je n'ai pas vraiment le temps de lire. Les entreprises d'Artemis ne m'en laissent pas le loisir. Le plus souvent, je suis plongé dans des revues techniques sur les hélicoptères, tout en gardant un œil sur les bulletins météo et les affaires courantes de la marche du monde. S'il m'arrive d'avoir un moment à moi, j'aime bien me plonger dans une bonne histoire d'amour. Mais si vous ébruitez ça, je vous mènerai la vie dure.

Quel est votre souvenir d'enfance le plus heureux et pourquoi ?

Je conserve précieusement au fond de ma mémoire les moments où, adolescent, j'apprenais les balayages à ma petite sœur, dans son bac à sable.

Quelle est votre chanson préférée ?

J'aime vraiment bien les Irlandais de U2. La chanson *I Still Haven't Found What I'm Looking For* aurait pu être écrite pour maître Artemis.

Quel est votre film préféré ?

Je n'aime pas les films d'action remplis de combats, ils me rappellent trop mon quotidien. Je préfère les bonnes comédies romantiques. Ça me repose l'esprit. Ma préférée est *Certains l'aiment chaud*.

Quel est l'endroit où vous vous sentez le mieux et pourquoi ?

L'endroit où se trouve maître Artemis. Quel que puisse être cet endroit. Et si je peux être sûr d'une chose, c'est que, à ses côtés, je ne m'ennuierai nulle part.

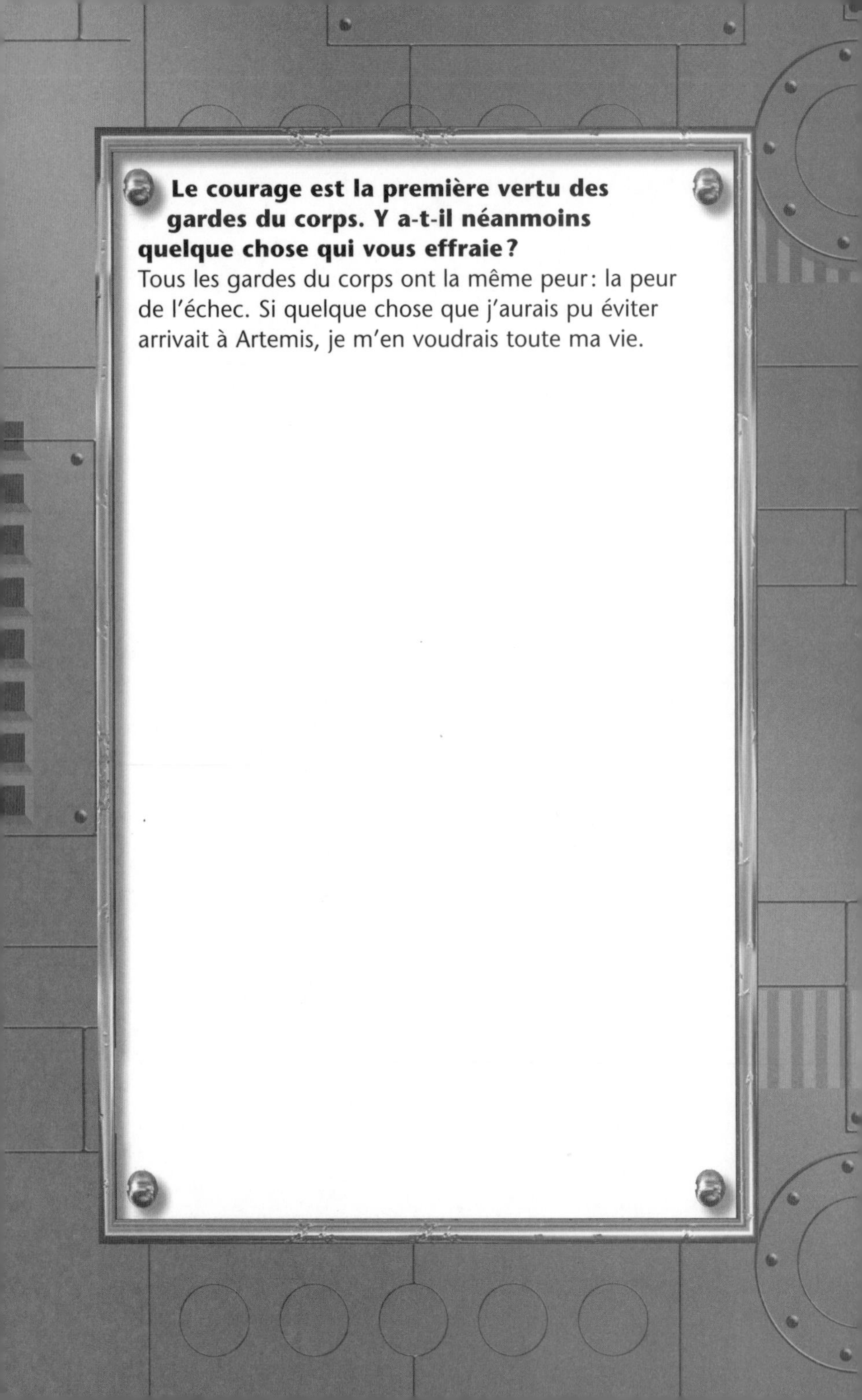

Le courage est la première vertu des gardes du corps. Y a-t-il néanmoins quelque chose qui vous effraie ?

Tous les gardes du corps ont la même peur : la peur de l'échec. Si quelque chose que j'aurais pu éviter arrivait à Artemis, je m'en voudrais toute ma vie.

Interview de MULCH DIGGUMS

Ne regrettez-vous jamais d'avoir choisi de vivre dans l'illégalité ?
Je ne considère pas ce que je fais comme étant illégal. Au contraire, je vois plutôt ça comme un juste retour des choses, comme une légitime redistribution des richesses. Je ne fais que reprendre aux humains ce qu'ils nous ont volé les premiers. Alors non, je ne regrette pas mon passé criminel, je regrette seulement de m'être fait arrêter. Pour autant, je serai honnête à l'avenir. Sérieux.

Les nains sont particulièrement sujets aux gaz, ce qui pourrait se révéler très gênant pour un Être de la Boue. Quel a été votre moment le plus embarrassant ?
Les nains sont sujets aux gaz, ce qui, en tant que tel, n'est pas embarrassant puisque parfaitement naturel. Néanmoins, dans la profession que j'ai choisi d'exercer, les bruyantes explosions peuvent avoir des conséquences désastreuses. Un jour, j'étais pratiquement arrivé au bout de la grande salle du Louvre quand un vent particulièrement violent a déclenché les alarmes volumétriques. Ils se sont moqués de moi pendant des années au pénitencier central d'Atlantis après ça.

Qu'est-ce qui vous rend le plus heureux ?
Les nains ne sont jamais aussi heureux que lorsqu'ils creusent des tunnels. Dès que nous ingurgitons la première bouchée de terre, nous nous sentons chez nous, en sécurité. Je crois même que, en tant qu'espèce, les nains sont plus proches des taupes que des humains.

De quoi êtes-vous le plus fier ?
Je suis particulièrement fier de la façon dont, seul, j'ai sauvé Artemis et Holly d'une mort certaine lors de l'exposition des Onze Merveilles, dans le monde souterrain. Mais je ne peux pas vous en dire davantage puisque j'ai cru comprendre qu'en surface, ces aventures n'étaient pas encore connues.

Vous avez vécu de nombreuses péripéties lors de vos rencontres avec Artemis Fowl. Quel a été le moment le plus effrayant ?
Je dois admettre que j'étais pétrifié la fois où, sous le manoir des Fowl, alors que je venais de plonger dans mon tunnel, Butler m'a saisi par les pieds. Croyez-moi, un Butler fou de colère est la dernière personne à qui vous voudriez avoir affaire. Évidemment, cela s'est produit avant que nous ne devenions amis.

Que pensez-vous vraiment d'Artemis Fowl et de Butler ?
J'aime bien le jeune Irlandais, vraiment. Nous avons une passion commune : l'or. Nous avons travaillé ensemble pour la tiare des Fei Fei. J'ose y voir le début d'une longue et fructueuse collaboration.

Qui du capitaine Holly Short, du commandant Julius Root ou de Foaly aimez-vous le plus, et pourquoi ?

Pas Julius, ça c'est certain. Je le respecte, certes, mais de là à l'aimer… D'ailleurs je ne pense pas que quiconque aime Julius Root, mis à part ses officiers qui, Dieu seul sait pourquoi, donneraient tous leur vie pour lui. Je dirais que ma préférence va à Holly. Elle a sauvé mon derrière poilu à plusieurs reprises et, en plus de cela, elle possède une qualité rare : c'est une amie loyale. Et on en rencontre peu.

Quel conseil donneriez-vous à un jeune nain ?

• Primo : mâchez toujours vos cailloux avant de les avaler. Non seulement c'est bon pour les dents, mais, en plus, ça passe mieux comme ça.

• Secundo : ne mangez jamais deux fois la même terre, à moins que vous ne puissiez faire autrement.

Quel est votre endroit préféré, en surface ou dans le monde souterrain, et pourquoi ?

Il y a un champ dans le comté de Kerry, en Irlande, où le sol est absolument pur. Sans aucun produit chimique. J'adore m'y creuser un petit tunnel d'une dizaine de mètres de profondeur puis rester là à écouter le fracas des vagues qui se brisent sur la roche, quelques mètres plus loin.

Interview de FOALY

De quelle invention êtes-vous le plus fier ?
Difficile d'en choisir une en particulier. J'ai déposé plus de brevets qu'aucun autre dans l'histoire du Peuple des fées. Si je devais en choisir une, je crois que ce serait les accumulateurs de suspension temporelle. Cela consiste en cinq accumulateurs portables qui permettent de stocker le pouvoir de suspension que possèdent les sorciers. Cela permet aux FAR de créer des fenêtres de suspension temporelle où et quand ils le veulent. Malin ! Sans vouloir me vanter... ce petit gadget nous a plus d'une fois sauvés la mise, notamment lors du siège du manoir des Fowl.

De qui ou de quoi vous inspirez-vous le plus souvent ?
Je dois admettre qu'il m'arrive souvent de lire mes propres articles dans les revues scientifiques et d'y trouver l'inspiration. En dehors de moi, la personne qui m'inspire le plus est le gnome Opale Koboï. Opale est une dangereuse criminelle, mais elle possède aussi de solides connaissances en ingénierie et en économie. La conception de son aile DoubleDex a révolutionné le vol solitaire. Chacune de ses avancées m'a incité à faire encore mieux.

Quels seraient vos trois principaux conseils à quelqu'un qui voudrait devenir inventeur ?
Inventez des choses dont les gens ont besoin.

Gardez vos idées pour vous jusqu'à ce que vous soyez prêts à en déposer les brevets et portez toujours un chapeau en papier d'alu pour détourner les rayons des sondes d'activité cérébrale. Certes, ces rayons n'ont pas encore été inventés, mais on ne sait jamais.

Quels sont vos passe-temps favoris ?
Quand je ne suis pas au labo, j'aime lire des articles qui parlent de moi ou regarder des enregistrements vidéo de mes interventions lors des conventions scientifiques auxquelles j'ai participé. Depuis peu, je pratique aussi la danse folklorique.

Quel est votre meilleur souvenir ?
Je me souviens du moment exact où mon intelligence a permis de mettre un terme à la révolte des gobelins. Si je n'avais pas été là, tout le personnel du centre de police serait aux ordres de ces gros lézards. Pour autant, est-ce qu'on m'a donné une médaille ? Est-ce qu'une statue à mon effigie a été érigée sur la place ? Non. Rien. Pas le moindre signe de reconnaissance.

Quelle était votre matière préférée à l'école, mis à part les mathématiques ?
Je me suis souvent rêvé en artiste. J'ai abandonné l'idée quand mon professeur d'arts plastiques m'a dit que mes paysages étaient plus plats qu'une feuille de papier de riz venant d'être repassée, ce qui, visiblement, n'était pas une bonne chose. Cela m'a froissé et je n'ai plus jamais retouché un pinceau.

Qu'est-ce qui vous tient éveillé la nuit ?
Mes inventions... Et l'idée que quelqu'un puisse en déposer les brevets avant moi. Je garde toujours un ordinateur allumé près de mon lit au cas où une idée me viendrait durant mon sommeil.

Quel est votre bien le plus précieux ?
Je possède une belle collection de chapeaux en papier alu. Un pour chaque occasion. J'ai dégoté un artisan qui les orne de décors originaux. La semaine dernière, j'ai remarqué deux autres techniciens qui, eux aussi, portaient des chapeaux en papier alu. Peut-être ai-je lancé une mode.

Quel Être de la Boue admirez-vous le plus ?
J'ai une grande admiration pour l'environnementaliste sicilien Giovanni Zito. C'est un des rares humains qui œuvre vraiment pour la sauvegarde de la planète. Si le reste du monde adoptait sa technologie de ferme éoli-solaire, les émissions de gaz à effet de serre diminueraient de soixante-dix pour cent en dix ans. Si seulement Zito avait le savoir-faire d'Artemis Fowl.

Qui est votre meilleur ami ?
Ma meilleure amie sous cette Terre est l'elfe Holly Short. Nous sommes tous deux des accros du travail et, pour cette raison, nous ne nous voyons pas autant que nous le souhaiterions, mais elle s'arrange toujours pour me consacrer un peu de temps, surtout quand je me sens déprimé par mon travail. Dès que je suis sur le point de détruire un ordinateur à coups de poing, je lève la tête et je vois Holly qui agite une carotte dans ma direction. Une elfe comme il n'en existe pas deux.

Interview du commandant Julius Root

Pourquoi êtes-vous plus sévère envers le capitaine Holly Short qu'envers les autres officiers des FAR et pourquoi étiez-vous si réticent à l'idée d'intégrer des femmes dans cette unité ?
Je n'étais pas, par principe, opposé au fait que des femmes deviennent officiers. Je doutais seulement de leur capacité à réussir l'examen d'entrée. Holly a prouvé que j'avais tort et j'en suis heureux. Aujourd'hui, il y a six candidates qui désirent intégrer les FAR. J'ai été dur avec Holly parce que j'avais étudié son profil psychologique. Je savais que ce genre d'attitude la motiverait pour l'initiation. Je ne m'étais pas trompé.

De quoi êtes-vous le plus fier ?
La chose dont je suis le plus fier, c'est lorsque le capitaine Short a maté la rébellion des gobelins. J'avais investi toute ma confiance dans cette elfe. Et elle ne m'a pas déçu.

Qu'est-ce qui vous fait le plus rire ?
Rien. Je ris rarement. Tout juste si je souris de temps en temps. Je n'ai pas eu de fou rire depuis au moins deux siècles. C'est mauvais pour la discipline. Et si quelqu'un déclare qu'il m'a entendu rire à gorge déployée, je veux son numéro de matricule.

Foaly et vous semblez avoir une relation de type amour et haine. Que pensez-vous vraiment de lui ?

Amour et haine ? Eh bien, vous avez à moitié raison. Les trois quarts du temps, j'ai envie de jeter ce centaure suffisant par la fenêtre mais, d'un autre côté, je suis bien obligé d'admettre que certains de ses gadgets peuvent parfois s'avérer utiles. Heureusement pour lui, sinon je le mettrais dehors sans attendre.

Si vous aviez trois conseils à donner à une personne qui se destine à la carrière d'officier et qui voudrait rejoindre l'unité des FARfadet ?

- Un : écoutez votre commandant. Il a toujours raison.
- Deux : ignorez vos intuitions à moins que votre commandant, qui a toujours raison, vous y invite.
- Trois : au moindre doute, appelez le commandant. Celui qui a toujours raison.

Si vous n'étiez pas devenu commandant des FAR, qu'auriez-vous aimé faire ?

J'ai toujours rêvé d'être jardinier paysagiste, ou mime. Vous plaisantez, j'espère ? Les Forces Armées de Régulation sont ma seule vocation. Si elles n'existaient pas, je les inventerais.

Quelle était votre matière préférée à l'école et pourquoi ?

J'aimais beaucoup l'histoire, surtout celle des tactiques militaires. A six ans, je savais très exactement ce que le roi Frond aurait dû faire lors de la bataille du Lapin chasseur. Si j'avais été son stratège, sa dynastie aurait peut-être perduré quelques siècles de plus.

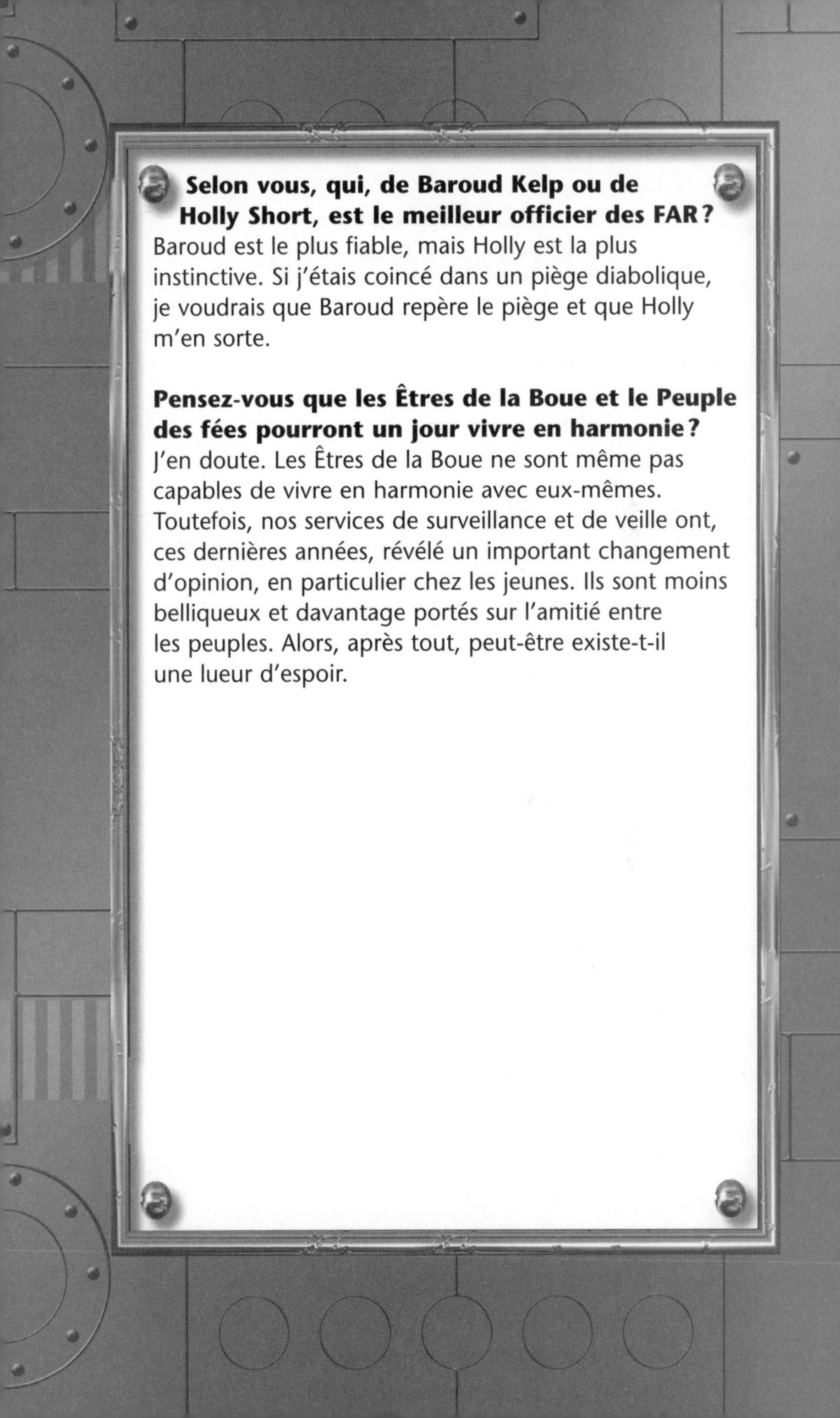

Selon vous, qui, de Baroud Kelp ou de Holly Short, est le meilleur officier des FAR ?

Baroud est le plus fiable, mais Holly est la plus instinctive. Si j'étais coincé dans un piège diabolique, je voudrais que Baroud repère le piège et que Holly m'en sorte.

Pensez-vous que les Êtres de la Boue et le Peuple des fées pourront un jour vivre en harmonie ?

J'en doute. Les Êtres de la Boue ne sont même pas capables de vivre en harmonie avec eux-mêmes. Toutefois, nos services de surveillance et de veille ont, ces dernières années, révélé un important changement d'opinion, en particulier chez les jeunes. Ils sont moins belliqueux et davantage portés sur l'amitié entre les peuples. Alors, après tout, peut-être existe-t-il une lueur d'espoir.

Interview d'Eoin Colfer

Où puisez-vous vos idées ? Quelles sont vos sources d'inspiration ?
Selon moi, l'inspiration est empirique. Elle découle de l'expérience. Mon imaginaire est comme un chaudron où mijotent toutes les choses que j'ai vues et tous les endroits où je suis allé. Mon cerveau les mélange et les régurgite sous une forme qui, j'espère, est originale.

Pouvez-vous donner trois conseils pour devenir un auteur à succès ?
Pratiquez. Écrivez tous les jours, même si ce n'est que dix minutes. Souvenez-vous que ce temps-là n'est jamais perdu car c'est de cette façon qu'à la longue, on trouve son style. En un mot : persévérez !
Ne soumettez votre manuscrit que lorsqu'il sera au mieux de ce que vous pouvez faire. Relisez ! Vérifiez ! Corrigez ! Coupez ! Soyez exigeant avec vous-même.
Engagez un bon agent. C'est lui qui trouvera l'éditeur qui vous convient.

Quel est l'endroit du monde où vous vous sentez le mieux et pourquoi ?
A Slade, un petit village de pêcheurs en Irlande. C'est là que je passais mes vacances quand j'étais petit, là que j'ai appris à pêcher, et là que je retourne maintenant avec mes fils.

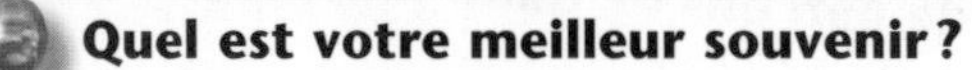

Quel est votre meilleur souvenir ?

Un de mes meilleurs souvenirs remonte au jour de mon mariage, quand ma femme et ses trois sœurs se sont mises en ligne pour exécuter une danse irlandaise traditionnelle impromptue. Une *Riverdance* pour moi tout seul.

Quels sont vos passe-temps favoris ?

La lecture. Je lis même les étiquettes sur les emballages ! J'aime beaucoup le théâtre, pour lequel j'ai écrit quelques pièces. Plus récemment, je me suis mis au parachute !

Si vous n'étiez pas écrivain, à votre avis, que feriez-vous ?

Si je n'avais pas été écrivain, je crois que j'aurais poursuivi ma carrière d'instituteur. Les enfants sont une source d'inspiration inépuisable.

Quel est votre livre préféré ?

Stig of the Dump [de Clive King, 1963].

Quelle est votre chanson préférée ?

The Great Beyond, par le groupe américain REM.

Quel est votre film préféré ?

Le Silence des agneaux.

Que possédez-vous de plus précieux ?

Des livres.

Quand avez-vous commencé à écrire ?

Ma première incursion dans le monde littéraire remonte à l'école primaire. J'avais écrit une pièce pour la classe, qui racontait l'histoire des dieux nordiques. Tout le monde mourait à la fin, sauf moi.

École de garçons de Saint-Bartleby

Bulletin annuel

ÉLÈVE : Artemis Fowl II
ANNÉE : Première
FRAIS DE SCOLARITÉ : Acquittés
PROFESSEUR PRINCIPAL : Dr. Po

Littérature et langues

Autant que je puisse en juger – car ses capacités dépassent de loin le champ de mon expérience – Artemis n'a fait absolument aucun progrès depuis le début de l'année. Il comprend et mémorise Shakespeare après une seule lecture, trouve des erreurs dans tous les exercices que je donne, et me regarde avec un petit sourire goguenard quand je tente d'expliquer certains textes difficiles. L'année prochaine, je pense que j'accéderai à sa demande et que je lui donnerai l'autorisation de rester en bibliothèque pendant mes cours.

Mathématiques

Artemis est un garçon exaspérant. Un jour il répond correctement à toutes mes questions et, le lendemain, systématiquement à côté. Il appelle cela une mise en pratique de la théorie du chaos ; et m'explique qu'il tente simplement de me préparer à la vie dans le monde tel qu'il est. Il dit aussi que la notion d'infini est ridicule. Honnêtement, je n'ai pas été formé pour enseigner les mathématiques à de jeunes garçons tels que lui, surtout quand la majorité de la classe compte encore sur ses doigts. Artemis n'a rien à apprendre de moi en termes de mathématiques. Mais je suis tout aussi certain que quelqu'un devrait lui inculquer les bonnes manières.

Sciences humaines

Artemis se méfie des textes historiques qui, selon lui, ont été écrits par les vainqueurs. Il préfère «vivre l'histoire», quand les survivants peuvent être interviewés. Évidemment, cela pose quelques problèmes pour étudier le Moyen Age. Artemis a demandé la permission de travailler à la conception d'une machine à remonter le temps l'année prochaine, pendant mes cours, afin que toute la classe puisse voir l'Irlande médiévale de ses propres yeux. J'ai accepté et je ne serais même pas surpris si, un jour, il finissait par y arriver.

Sciences naturelles & physiques

Artemis se considère comme un repoussoir à théories scientifiques. Voilà sans doute comment il conçoit la transmission des savoirs. Il prétend qu'il manque quelques éléments aux tables périodiques de Mendeleïev, ou encore que la théorie de la relativité est séduisante sur le papier, mais qu'elle ne résisterait pas à l'épreuve de la réalité, car l'espace se désintégrera avant le temps. J'ai une fois commis l'erreur de vouloir argumenter et le jeune Artemis m'a poussé à bout en quelques secondes. Il m'a demandé la permission de mener des tests, au cours du trimestre prochain, qui serviront de base à une analyse de l'échec scolaire au sein de l'établissement. Je ne vois d'autre solution que d'accéder à sa demande tant il est vrai qu'il n'a pas grand-chose à apprendre de moi.

Socialisation et épanouissement personnel

Artemis est très perspicace et possède un intellect étonnant. Il peut parfaitement répondre à toutes les questions de n'importe quel «profil psychologique», mais uniquement parce qu'il en connaît déjà les réponses. Je crains qu'Artemis ne considère les autres garçons de son âge comme trop infantiles. Il refuse de s'intégrer au groupe, préférant travailler sur ses propres projets pendant son temps libre. Et plus il travaille seul, plus il s'isole. S'il ne change pas rapidement de comportement, il pourrait donner l'impression de vouloir couper les ponts avec tous, y compris ceux qui désirent être ses amis. Au bout du compte, il pourrait même s'exclure de sa propre famille. Il doit faire des efforts.

QUIZ FÉERIQUE

Fais ce test. Tu pourrais découvrir que tu as des ancêtres féeriques.

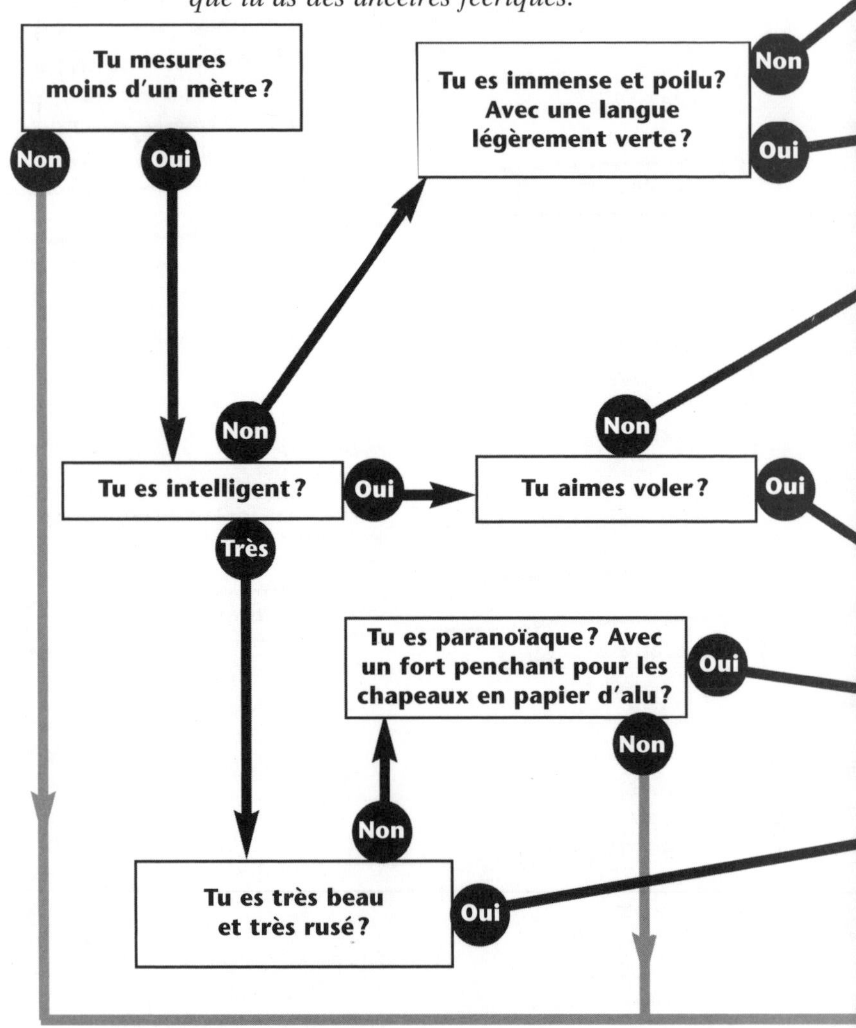

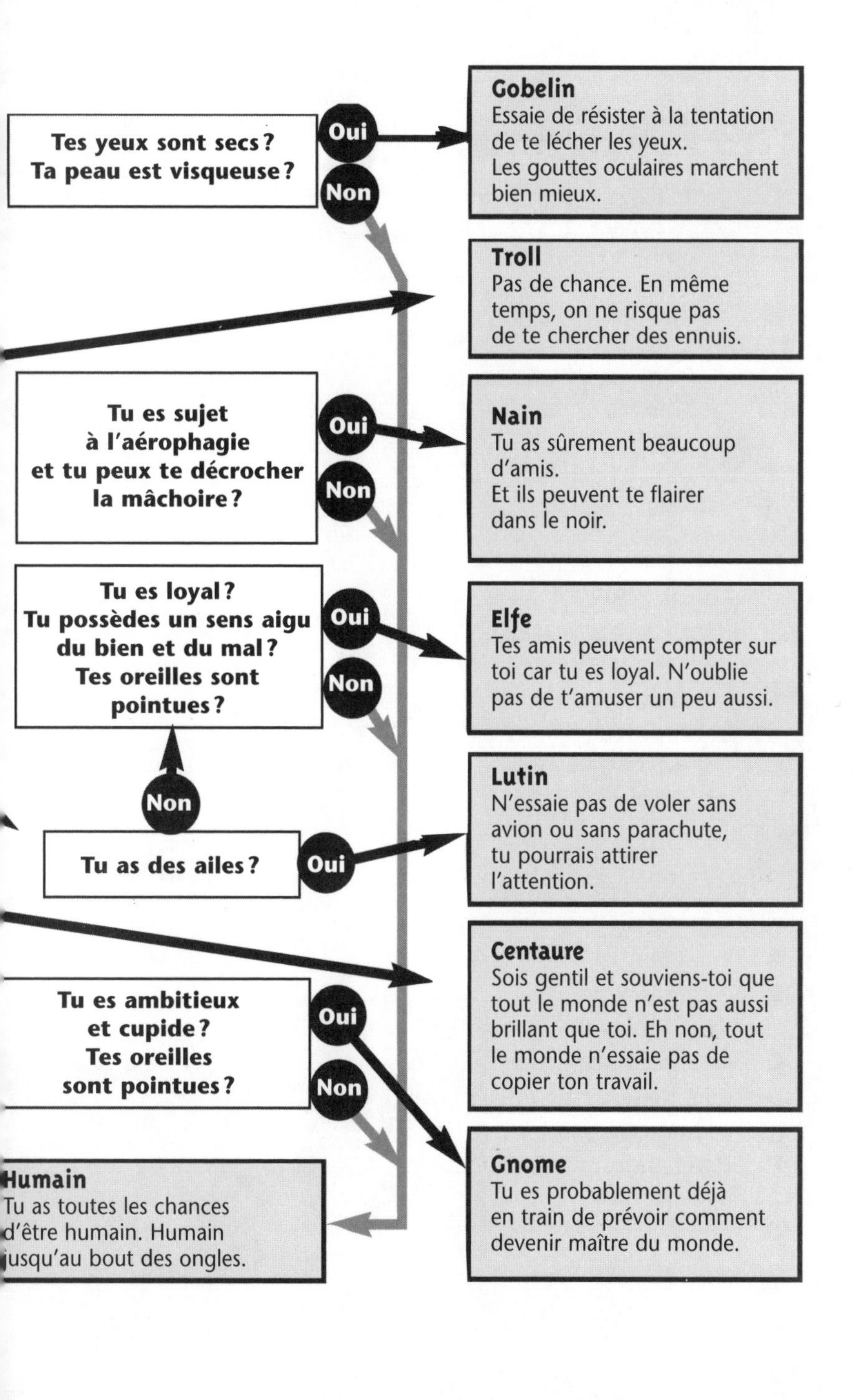

Tes yeux sont secs ? Ta peau est visqueuse ?
Oui
Non
Gobelin
Essaie de résister à la tentation de te lécher les yeux. Les gouttes oculaires marchent bien mieux.
Troll
Pas de chance. En même temps, on ne risque pas de te chercher des ennuis.
Tu es sujet à l'aérophagie et tu peux te décrocher la mâchoire ?
Oui
Non
Nain
Tu as sûrement beaucoup d'amis. Et ils peuvent te flairer dans le noir.
Tu es loyal ? Tu possèdes un sens aigu du bien et du mal ? Tes oreilles sont pointues ?
Oui
Non
Elfe
Tes amis peuvent compter sur toi car tu es loyal. N'oublie pas de t'amuser un peu aussi.
Non
Tu as des ailes ?
Oui
Lutin
N'essaie pas de voler sans avion ou sans parachute, tu pourrais attirer l'attention.
Centaure
Sois gentil et souviens-toi que tout le monde n'est pas aussi brillant que toi. Eh non, tout le monde n'essaie pas de copier ton travail.
Tu es ambitieux et cupide ? Tes oreilles sont pointues ?
Oui
Non
Gnome
Tu es probablement déjà en train de prévoir comment devenir maître du monde.
Humain
Tu as toutes les chances d'être humain. Humain jusqu'au bout des ongles.

RÉSEAU DES TRANSPORTS FÉERIQUES

Il existe de nombreuses stations de navettes, camouflées à la surface de la Terre, que le Peuple des fées emprunte pour aller et venir entre Haven-Ville et la surface. Leur localisation est tenue strictement secrète. Jusqu'ici, Artemis Fowl n'en a découvert que quelques-unes.

Seras-tu capable de faire correspondre les stations avec les lieux ci-dessous ?

A Tara, Irlande
B Mourmansk, Russie du Nord
C Martina Franca, Italie
D Wajir, Kenya
E Los Angeles, USA
F Stonehenge, Royaume-Uni
G Paris, France

LIAISONS
HAVEN-VILLE / SURFACE

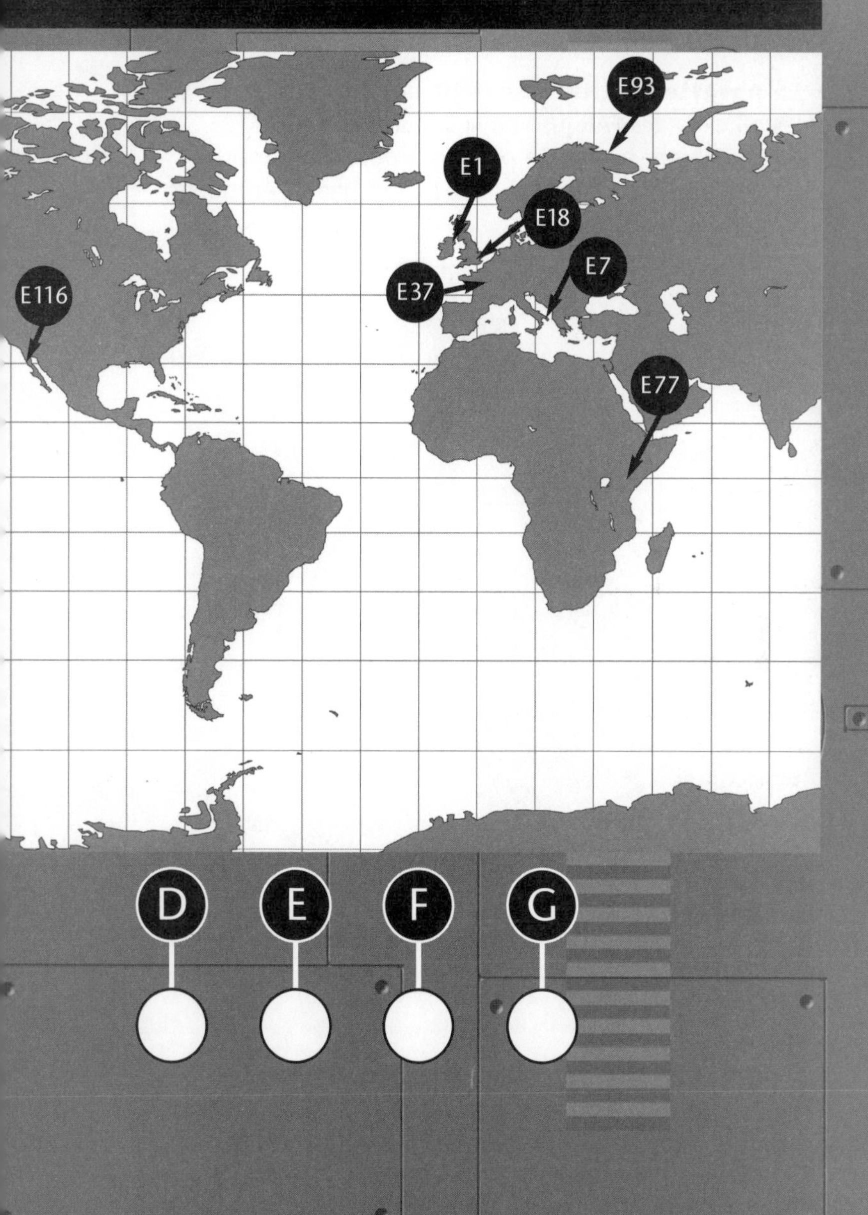

LES INVENTIONS DE FOALY

La navette en titane : navette destinée à transporter les officiers des FAR jusqu'à la surface. Elle peut, au choix, être propulsée par son propre moteur ou par les courants de gaz chauds libérés par les éruptions souterraines de magma.

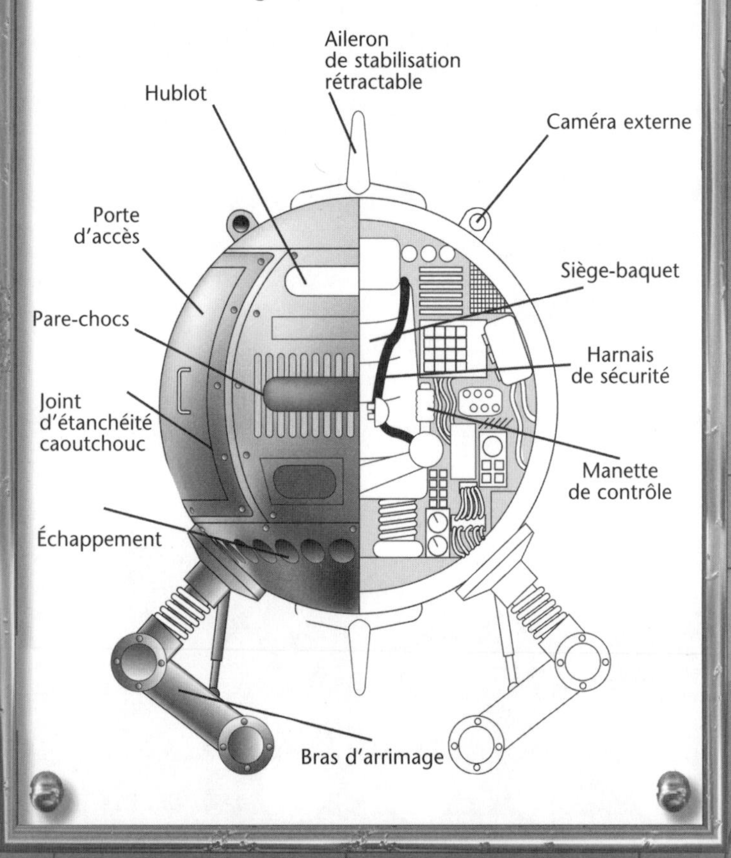

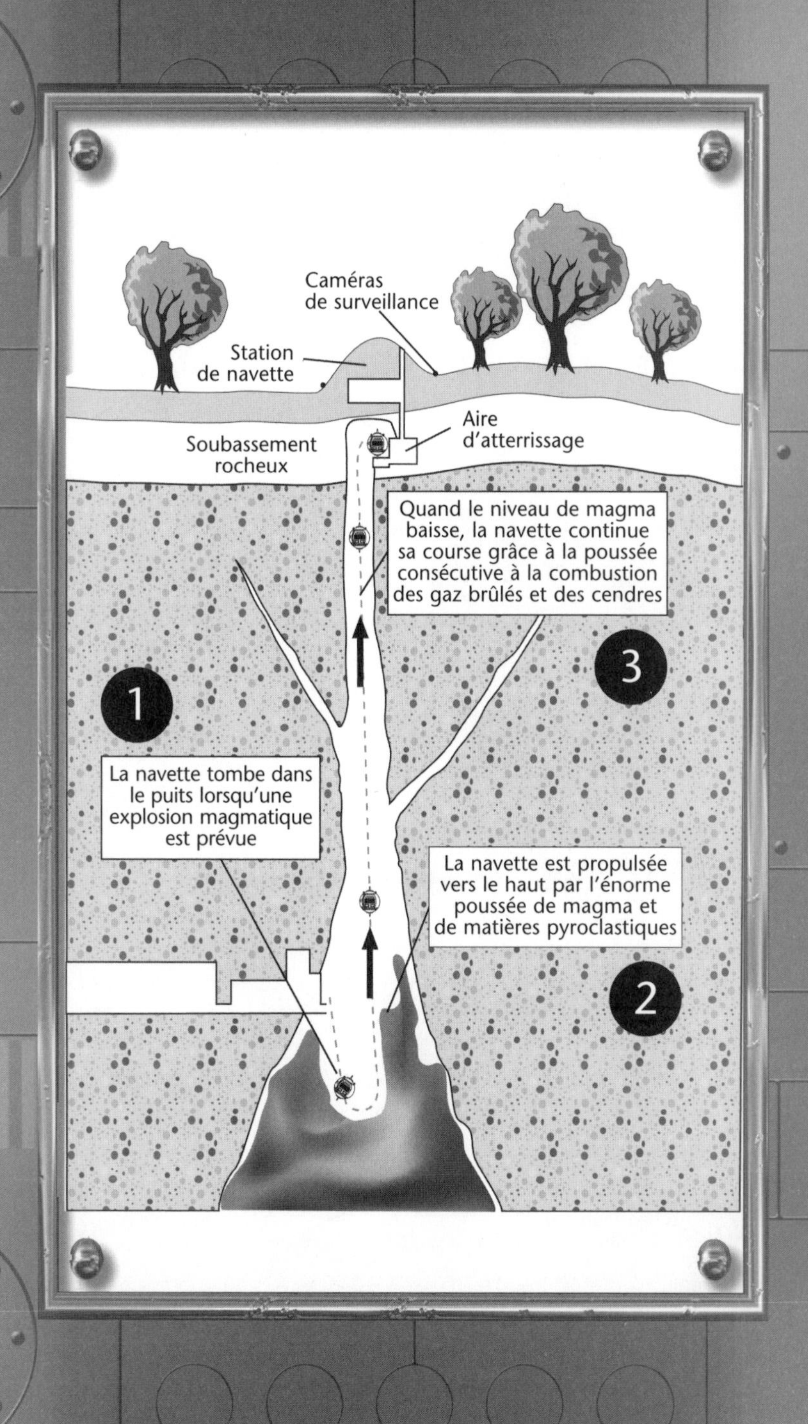
Caméras
de surveillance
Station
de navette
Aire
d'atterrissage
Soubassement
rocheux
Quand le niveau de magma
baisse, la navette continue
sa course grâce à la poussée
consécutive à la combustion
des gaz brûlés et des cendres
3
1
La navette tombe dans
le puits lorsqu'une
explosion magmatique
est prévue
La navette est propulsée
vers le haut par l'énorme
poussée de magma et
de matières pyroclastiques
2

ÉQUIPEMENT D'UN AGENT DE COMMANDO DE RÉCUPÉRATION

Traceur

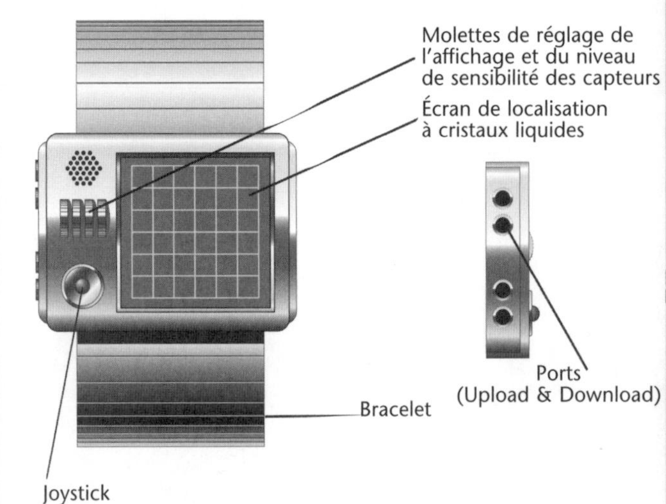

Ailes (modèle Dragonfly)

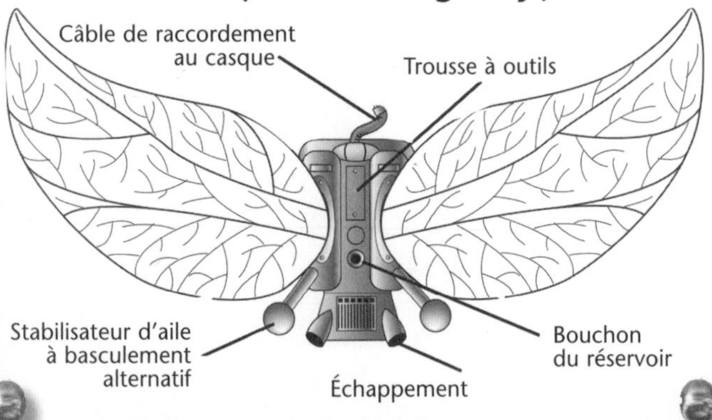

Casque

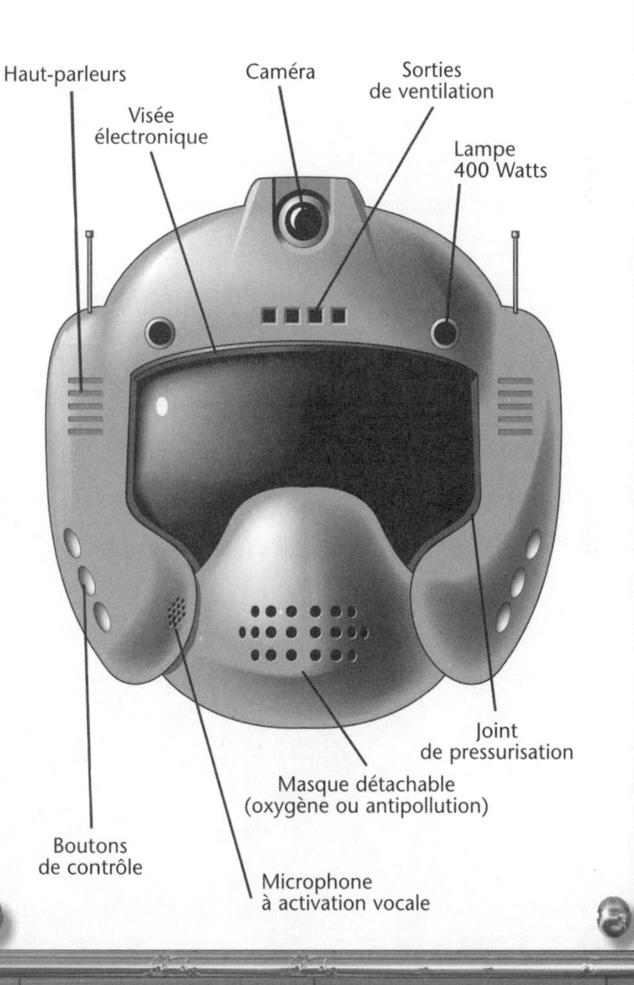

Haut-parleurs
Caméra
Sorties
de ventilation
Visée
électronique
Lampe
400 Watts
Joint
de pressurisation
Masque détachable
(oxygène ou antipollution)
Boutons
de contrôle
Microphone
à activation vocale

Cette section du dossier Artemis Fowl est placée sous scellés dans les archives des FAR. Seuls les officiers de haut rang (niveau d'accès au moins égal à alpha+) peuvent la consulter. L'affaire Fei Fei s'est produite peu de temps après le premier contact du Peuple avec Artemis Fowl. A cette époque, la mère d'Artemis a retrouvé la santé grâce à l'intervention du capitaine Holly Short, en revanche, son père est toujours porté disparu, présumé mort, quelque part au nord de la Russie.

Le
septième
nain

CHAPITRE I

LA TIARE DES FEI FEI

SOUS-SOL DE MANHATTAN, VILLE DE NEW YORK

Les nains creusent des tunnels car telle est leur vocation. Des millions d'années d'évolution ont façonné leur corps et transformé leur métabolisme pour en faire d'efficaces tunneliers. Le nain mâle peut ainsi, à volonté, désolidariser ses mâchoires l'une de l'autre pour augmenter sa capacité d'excavation. Le rebut est largué par l'arrière grâce à un système de transit rapide qui se charge de faire place nette pour la bouchée suivante.

Le nain qui nous concerne aujourd'hui est une figure du monde interlope de Haven-Ville, un criminel notoire : Mulch Diggums, une créature ayant toujours estimé que les casses correspondaient mieux à sa personnalité que le métier de mineur. Les horaires étaient moins lourds, les risques moins élevés et, en plus, les métaux précieux et les gemmes qu'il subtilisait aux Êtres de la Boue étaient déjà taillés et polis.

Ce soir-là, l'objet de sa convoitise était la tiare des Fei Fei, un somptueux diadème qui portait le nom de celle à qui il avait été offert : Lady Fei Fei, une légendaire diplomate chinoise. Ce chef-d'œuvre de haute joaillerie consistait en un délicat entrelacs de perles de jade et de diamants montés sur or blanc. Sa valeur était inestimable. Pour autant, Mulch se faisait fort de lui trouver un prix sur le marché parallèle.

Le diadème, pièce centrale d'une exposition d'art asiatique, était actuellement en tournée. Le soir où commence notre histoire, la tiare est entreposée pour la nuit dans les sous-sols du Fleursheim Palace, en attendant son transfert au Metropolitan Museum, prévu le lendemain. L'objet allait être vulnérable une nuit seulement. Et Mulch comptait bien ne pas laisser passer cette chance.

Aussi incroyable que cela puisse paraître, l'étude géologique qui avait été faite avant la construction du Fleursheim Palace était gratuitement disponible sur Internet. Mulch avait donc pu tranquillement préparer son itinéraire depuis le moelleux sous-sol de l'East Village, où il avait élu domicile. Pour son plus grand plaisir, le nain avait découvert qu'une étroite veine de glaise et d'argile schisteuse conduisait directement au mur du sous-sol qui l'intéressait, à l'endroit même où l'attendait la tiare des Fei Fei.

Plus le nain approchait des fondations du Fleursheim Palace, plus il mâchait vite, excavant jusqu'à plus de deux kilos de terre par seconde. Ses cheveux et sa barbe formaient une sorte de halo électrique autour de sa tête car chacun de ses poils en alerte enregistrait la moindre variation des ondes de choc courant dans les couches souterraines.

« Pas mauvaise, cette argile », se félicita Mulch intérieurement entre deux déglutitions, tout en prenant de courtes inspirations par les narines.

Chez la plupart des créatures, la faculté de respirer tout en avalant disparaît avec la petite enfance, alors que pour les nains, étant essentielle à leur survie, elle se prolonge tout au long de leur vie.

Grâce à ses poils de barbe, Mulch détecta une vibration toute proche. Un ronronnement régulier. Certainement un système de climatisation ou un groupe électrogène. Cela ne signifiait pas pour autant qu'il approchait de sa cible. Mais Mulch Diggums – en plus de posséder la meilleure boussole interne de la profession – avait également programmé les coordonnées exactes de son point d'arrivée dans le casque volé aux FAR qu'il portait dans son sac à dos. Il fit une pause pour contrôler sa position sur la grille 3D de la visée du casque. Le sous-sol du Fleursheim se trouvait à quarante-huit degrés nord-est, une dizaine de mètres au-dessus de sa position actuelle. Une question de secondes pour un nain de son calibre.

Mulch reprit sa progression, fendant la glaise comme une torpille féerique, prenant bien garde de n'expulser que de la terre, et non de l'air, par son arrière-train. En effet, l'air pouvait lui être utile s'il rencontrait quelque obstacle. A peine quelques secondes plus tard, au moment où son crâne heurta une paroi de béton d'une quinzaine de centimètres d'épaisseur, ses précautions se trouvèrent justifiées. L'obstacle pour lequel il s'était économisé lui barrait le passage.

– D'Arvit ! jura Mulch en faisant papillonner de ses longs cils, caractéristiques de tous les nains, pour chasser les poussières de ses yeux.

Le crâne des nains a beau être solide, il ne peut pas fendre une telle épaisseur de béton. Il tendit le bras et, de la jointure d'un doigt, sonda la surface plane en plusieurs endroits.

– Une quinzaine de centimètres, marmonna-t-il tout haut, se croyant parfaitement seul. Cela ne devrait pas poser de problèmes.

Il recula de quelques pas et tassa la terre qui se trouvait derrière lui, se préparant à opérer ce que, dans le jargon des nains, on appelle un cyclone. Une manœuvre généralement réservée à la fuite d'extrême urgence ou à la séduction des femelles. Mulch enfonça consciencieusement le casque indestructible des FAR sur ses cheveux hirsutes et se pencha en avant.

– Si seulement vous pouviez voir ça, les filles, murmura-t-il avant de se mettre à pousser.

Mulch avait accumulé beaucoup d'air au cours des derniers kilomètres et maintenant, il mélangeait les différentes sortes de gaz pour former dans son ventre une réserve d'air comprimé de plus en plus difficile à contenir.

– Encore quelques secondes, grogna-t-il, les joues rougies par l'effort.

Il croisa finalement les bras sur sa poitrine, passa une main dans sa barbe et lâcha ce vent si longtemps retenu.

Les conséquences furent spectaculaires et sa prouesse lui aurait certainement valu un immense succès auprès de la gent féminine, si au moins une de ses représentantes avait assisté à la scène. Imaginez le tunnel comme le goulot d'une bouteille de champagne et Mulch dans le rôle du bouchon. Propulsé par la pression gazeuse, il heurta la paroi de béton à plus de cent cinquante kilomètres à l'heure, tournoyant dans le goulet de terre comme une mèche de perceuse d'un genre nouveau. D'ordinaire, quand des os rencontrent du béton, le béton sort vainqueur de l'affrontement. Mais, en l'occurrence, le crâne de Mulch était protégé par un casque volé aux FAR. Un casque issu de la technologie du Peuple des fées et fabriqué dans un polymère pratiquement indestructible.

Mulch perfora la dalle du sous-sol dans un nuage de poussière agité de membres désarticulés. La poussière se transforma ensuite en une douzaine de minitornades sous l'effet de cette immense poussée de gaz. Sa vitesse le propulsa à deux mètres de hauteur. Une fois lourdement retombé sur le sol, il demeura un instant immobile, reprenant son souffle. Le cyclone était une manœuvre éprouvante. Qui a dit que les criminels avaient la vie facile ?

Après un court instant de repos, Mulch s'assit et remboîta sa mâchoire. Il se serait volontiers accordé davantage de répit, mais il se trouvait peut-être déjà sous l'œil inquisiteur d'une caméra de surveillance. Son casque était très certainement muni d'un crypteur d'images, mais la technologie n'avait jamais été son fort. La meilleure chose à faire était de mettre rapidement la main sur le diadème et de s'échapper dans les profondeurs.

Il se releva, secoua les morceaux de glaise accrochés au rabat de son fond de culotte et jeta un rapide regard autour de lui. Aucune lumière rouge clignotant sur un quelconque mouchard d'un circuit de caméras, pas de coffres-forts sécurisés, pas même de porte blindée. L'endroit semblait étrange pour entreposer un bijou d'une valeur inestimable, même pour une seule nuit. En matière de système de protection, les humains n'étaient pas réputés pour leur laxisme, surtout lorsqu'il était question de soustraire à la rapacité de leurs congénères un trésor de cette valeur.

Quelque chose luisait dans l'obscurité. Quelque chose qui concentrait et réfléchissait la minuscule quantité de lumière présente dans le sous-sol.

Au milieu des statues, des caisses de stockage et des hautes piles de chaises, un socle. Au sommet, un diadème au centre duquel un énorme diamant bleu parvenait encore à scintiller en dépit de l'obscurité quasi totale.

Mulch en rota de surprise. Les Êtres de la Boue avaient laissé le diadème des Fei Fei comme ça, à l'air libre ? Cela n'était guère vraisemblable. On essayait de le duper.

Il approcha précautionneusement du piédestal, cherchant quelque traquenard dans le sol. Mais il n'y avait rien. Pas de détecteurs de mouvement, pas de barrière laser, rien. L'instinct de Mulch lui hurlait de déguerpir, mais sa curiosité le poussait vers le diadème, aussi sûrement que l'appétit pousse l'espadon vers le leurre du pêcheur.

– Crétin, laissa-t-il échapper à la cantonade qui, selon lui, n'existait pas. File pendant qu'il en est encore temps. Rien de bon ne sortira de cet endroit.

Mais la tiare était magnifique. Fascinante.

Ignorant sa méfiance, Mulch demeurait immobile, les yeux fixés sur cet insolent bijou.

– Ça, c'est du lourd, dit-il tout bas.

Mais peut-être pas tant que ça. Le nain regarda d'encore un peu plus près.

Les pierres ne possédaient pas un éclat naturel. Trop gras, trop huileux. Elles ne possédaient pas la pureté des véritables joyaux. Et puis l'or brillait trop. Toutes choses qu'aucun œil humain n'aurait pu déceler, mais néanmoins parfaitement visibles

par celui d'un nain ayant la passion de l'or dans ses gènes.

Mulch souleva le diadème. Il était trop léger. Un bijou de cette taille devait peser au moins un kilo et demi.

On pouvait en tirer deux conclusions. Soit il se trouvait en présence d'un leurre, le véritable diadème étant caché à l'abri ailleurs, soit on essayait de le tester. Mais qui ? Et dans quel but ?

Il ne tarda pas à avoir les réponses. Un énorme sarcophage égyptien s'ouvrit au plus profond de la pénombre, d'où émergèrent deux silhouettes dont le moins qu'on pouvait en dire est qu'elles n'avaient définitivement rien à voir avec celles de momies.

– Félicitations, monsieur Mulch Diggums, dit le premier, un garçon au teint pâle et à la chevelure noire comme le jais.

Mulch remarqua qu'il portait des lunettes à vision nocturne. L'autre était un garde du corps d'une taille étonnante que Mulch avait humilié assez récemment pour qu'il s'en souvienne encore. Cet homme s'appelait Butler. Et il ne semblait pas de bonne humeur.

– Vous avez réussi brillamment le test que je vous avais préparé, poursuivit le garçon d'un ton assuré.

Il réajusta sa veste de costume et s'avança, main tendue.

– Très heureux de faire votre connaissance, monsieur Diggums. Je suis votre nouvel associé. Permettez-moi de me présenter, mon nom est…

Mulch serra la main tendue. Il savait très bien qui était ce garçon pour, même si ce n'était pas en face à face, s'être déjà battu contre lui. Il était le seul humain qui ait jamais réussi à voler une partie de leur or aux fées… Et à la garder. Quoi qu'il ait à dire, Mulch était certain que ce serait intéressant.

– Je sais qui tu es, jeune Bonhomme de Boue. Ton nom est Artemis Fowl.

CHAPITRE II

OBJECTIF PRIORITAIRE

CENTRE DE POLICE, HAVEN-VILLE, DANS LES NIVEAUX INFÉRIEURS DU MANTEAU TERRESTRE

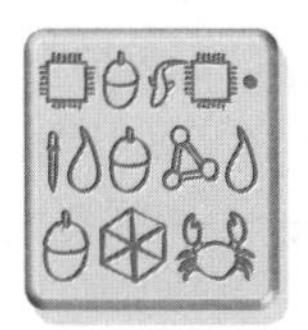

Au moment précis où Mulch Diggums évoquait le nom d'Artemis Fowl, au centre de police, le fichier de l'Être de la Boue était automatiquement transféré à la section responsable des affaires dites sensibles. En effet, la technologie féerique avait permis d'équiper chaque casque des FAR d'un traceur satellite qui les rendait localisables partout dans le monde. Ils étaient également pourvus d'un microphone à activation vocale si bien que la moindre parole prononcée par Mulch était écoutée par l'agent de surveillance. Le fichier s'effaça de son bureau à la seconde même où le nom d'Artemis fut prononcé. Artemis Fowl était l'ennemi public numéro un du Peuple des fées et tout ce qui concernait le jeune Irlandais était immédiatement envoyé au conseiller technique des FAR, autrement dit à Foaly, le centaure.

Foaly écouta attentivement la transmission interceptée dans le casque de Mulch. Dès qu'il eut fini, il se dirigea au petit trot vers le bureau de Julius Root, le commandant des FAR.

– Julius ! On a quelque chose. Ça pourrait être sérieux.

Le commandant Julius Root leva les yeux du cigare au champignon qu'il était en train de couper. L'elfe avait son air des mauvais jours – il en était rarement autrement. Certes, sa peau n'était pas aussi écarlate que d'habitude, mais le centaure avait le sentiment que cela n'allait pas durer.

– Deux petits conseils, mon petit poney, le coupa Root en arrachant le bout de son cigare. Primo, personne ne vous a autorisé à m'appeler Julius. Secundo, il existe encore quelques règles de protocole à ce que je sache. Aussi êtes-vous prié de les appliquer quand vous m'adressez la parole. Je suis votre commandant, pas votre voisin d'écurie.

Il s'allongea dans son fauteuil et alluma son cigare. Foaly, quant à lui, ne semblait pas impressionné par la rebuffade.

– J'essaierai de m'en souvenir. Quoi qu'il en soit, le sujet est d'importance. Le nom d'Artemis Fowl a été détecté.

Root se redressa brutalement. Visiblement, le protocole lui était sorti de la tête. Moins d'un an auparavant, Artemis Fowl avait kidnappé un de ses

capitaines et extorqué une demi-tonne d'or au fonds spécial affecté aux rançons. Mais, plus importantes encore que l'or lui-même étaient les informations dont le jeune Irlandais disposait. Il connaissait l'existence du Peuple et pouvait décider de lui en extorquer à nouveau.

– Parlez, Foaly. Vite. Et je vous en supplie, pas de jargon. Rien que du bon vieux gnomique.

Foaly soupira. La part la plus plaisante dans le fait d'apporter des informations vitales à la hiérarchie était d'expliquer comment sa technologie géniale avait permis de recueillir lesdites informations.

– Entendu. Je pense que Fowl a, sans trop qu'on sache comment, mis la main sur un casque des FAR. Vous n'êtes pas sans savoir qu'une quantité non négligeable de matériel disparaît chaque année.

– C'est précisément la raison pour laquelle nous avons la possibilité de détruire ces équipements à distance.

– Dans la plupart des cas, oui.

Les joues du commandant prirent instantanément une teinte vermillon, ce qui trahissait un vif accès de colère.

– Dans la plupart des cas ? Ai-je bien entendu ? Il n'a jamais été question de « la plupart des cas » pendant les réunions de budget.

Foaly haussa les épaules, les paumes des mains ouvertes vers le ciel.

– Hé, si vous voulez, vous pouvez toujours

essayer de faire sauter ce casque à distance. Vous verrez bien ce qui se passera.

Le commandant planta ses yeux dans ceux de Foaly avec un air soupçonneux.

– Et pourquoi n'appuierais-je pas sur le bouton dès maintenant ?

– Parce que le mécanisme d'autodestruction a été désactivé, ce qui sous-entend qu'il est aux mains de quelqu'un d'assez malin. Précédemment, le casque était actif, ce qui veut dire que quelqu'un le portait. Mais nous ne pouvions risquer de lui faire sauter la tête, fut-il – ou elle – un criminel.

Root mâchouilla le bout de son cigare.

– Ce n'est pas l'envie qui m'en manque, croyez-moi. D'où sort ce casque et qui le porte ?

Foaly consulta un fichier sur l'ordinateur portable miniaturisé qu'il avait en main.

– C'est un vieux modèle. Le plus vraisemblable est qu'un receleur de surface l'ait vendu à un nain en cavale.

Root écrasa son cigare dans un cendrier.

– Les nains. Quand ils ne prospectent pas les ressources minières de zones protégées, ils volent les humains. Est-ce qu'on a un nom ?

– Négatif. Le signal est trop faible pour qu'on lance une reconnaissance vocale. Quand bien même le pourrions-nous, vous savez parfaitement que tous les nains mâles ont pratiquement la même voix à cause de la position si singulière de leur larynx.

– Manquait plus que ça, grogna le commandant. Un autre nain en surface. Je pensais qu'on avait vu le dernier quand...

Il s'interrompit, le regard triste. Un souvenir malheureux lui revenait à l'esprit, celui de Mulch Diggums, disparu lors d'une mission voilà déjà plusieurs mois alors qu'il tentait de s'échapper en creusant un tunnel sous le manoir des Fowl. Certes, Mulch était une véritable calamité qui en avait fait voir de toutes les couleurs aux FAR, mais il n'en demeurait pas moins une personnalité attachante.

– Alors qu'est-ce qu'on a à se mettre sous la dent ?

Foaly baissa les yeux sur son écran et lut à haute voix les informations dont il disposait.

– Un sujet non identifié creuse un tunnel jusqu'aux sous-sols d'un immeuble de Manhattan. Là, il rencontre Artemis Fowl junior. Ensuite ils partent ensemble. Donc on peut être sûrs qu'ils mijotent quelque chose.

– Quoi exactement ?

– Aucune idée. Fowl en savait assez sur notre technologie pour désactiver le micro à commande vocale ainsi que le mécanisme d'autodestruction. Probablement grâce à Butler qui, dois-je vous le rappeler, a réussi à saisir un lot de matériel sur un commando de Récupération, lors du siège du manoir des Fowl.

– Et la localisation globale ? Est-ce qu'Artemis en savait assez pour désactiver ça aussi ?

Foaly eut un petit sourire supérieur.

– Il est impossible de désactiver cette fonction-là. Ces vieux casques sont entièrement recouverts d'une couche de matière « traçable ».

– Encore une chance… Alors, où sont-ils maintenant ?

– Dans l'avion privé de Fowl, en route vers l'Irlande. Un Learjet. Ce qui se fait de mieux.

Devant le regard noir du commandant, il ajouta :

– Mais vous vous moquez sûrement du modèle… Alors qu'est-ce qu'on fait ? On y va ?

– Oui. On y va, répéta Root sur un ton caustique. On a quelqu'un là-haut ?

Foaly alluma un grand écran plasma sur le mur, navigua à la vitesse de l'éclair dans les dizaines de menus et de commandes jusqu'à trouver un planisphère. Des icônes signalant la présence de créatures du Peuple des fées clignotaient dans plusieurs pays.

– On a trois commandos de Récupération, mais personne dans le vieux pays.

– Bien sûr, grogna Root. Ça aurait été trop simple.

Il marqua une pause.

– Où est le capitaine Short ?

– En vacances en surface… Je me permets de vous rappeler qu'elle est suspendue pendant la durée de l'enquête préliminaire.

Root repoussa d'un geste des règlements imaginaires.

– Détail sans importance. Holly connaît mieux Fowl que quiconque ici. Où est-elle ?

Foaly interrogea son ordinateur, comme s'il ne savait pas déjà, comme si s'étaient brusquement effacés de son cortex les dizaines de coups de fil qu'il avait passés chaque jour depuis son poste de travail pour savoir si Holly avait trouvé le lait hydratant pour sabots qu'il lui avait demandé.

– Elle séjourne au spa de Cominetto, le célèbre centre de remise en forme. Mais je ne suis pas certain qu'elle soit la solution. Certes, Holly est combative et déterminée, mais Artemis Fowl l'a déjà prise en otage une fois. Je crains que, de ce fait, son jugement puisse être faussé.

– Non, coupa Root. Même si elle-même n'en est pas convaincue, Holly est un de mes meilleurs éléments. Mettez-moi en contact avec elle. Elle retourne au manoir des Fowl.

CHAPITRE III

LE SEPTIÈME NAIN

ÎLE DE COMINETTO, AU LARGE DES CÔTES MALTAISES, MER MÉDITERRANÉE

Pour les gens du Peuple, le spa de Cominetto est la destination touristique la plus sélecte qui soit. En général, il faut plusieurs années d'attente pour obtenir un visa. Mais Foaly avait effectué un petit tour de passe-passe informatique et Holly s'était retrouvée à bord de la première navette. De fait, elle avait bien besoin d'un break après tout ce qu'elle avait traversé… et ce qu'elle allait encore devoir affronter. Au lieu de lui décerner une médaille pour avoir sauvé la moitié du fonds spécial réservé aux rançons, les affaires internes des FAR enquêtaient sur son compte, laissant peser sur ses actes une lourde suspicion.

Heureusement, la semaine qu'elle venait de passer n'avait pas été trop dure. Holly avait été exfoliée, épluchée au laser, purgée (n'en demandez pas plus) et entièrement passée à la pince à épiler. Tout ça au nom du bien-être. Résultat : toute imperfection avait disparu de sa peau couleur café, devenue aussi douce que lisse. Ses cheveux, coupés ras, brillaient d'un intense lustre auburn. Pourtant, sous l'éclat capillaire, elle s'ennuyait ferme.

Le ciel était bleu. La mer était verte. Et la vie ne pouvait être plus facile. Pour autant, Holly savait qu'elle deviendrait folle furieuse si elle passait une minute de plus à se faire dorloter. Mais Foaly était si content d'avoir réussi à organiser ce voyage qu'elle ne trouvait jamais le courage de lui dire à quel point elle en avait assez.

Ce jour-là, elle était allongée dans un bain d'algues à remous. Pour rajeunir sa peau. Et elle avait décidé de tuer le temps avec un « Trouvez le crime ». Un jeu qui consistait à considérer tous ceux qu'on croisait comme des criminels et à tenter de deviner de quel crime ils étaient coupables.

L'homme qui s'occupait des bains d'algues, tout de blanc vêtu, approcha d'un pas nonchalant, un téléphone posé sur un plateau transparent.

– Un appel en provenance du centre de police, mademoiselle Short, déclara-t-il avec un dégoût condescendant, qui ne laissait aucun doute à Holly quant à la façon dont il considérait les coups de téléphone dans cette oasis de sérénité.

– Merci, monsieur Hummus, répondit-elle avant de lui arracher le combiné des mains.

Le centaure était au bout du fil.

– Holly ? Mauvaise nouvelle. Vous reprenez du service. Mission spéciale.

– Vraiment ? fit-elle en tentant vainement de cacher son enthousiasme derrière un accent de feinte déception. Et quelle est la mission ?

– Installez-vous confortablement et prenez une profonde inspiration. Et quelques cachets aussi, peut-être...

– De quoi s'agit-il ? l'interrompit Holly, bien qu'au fond d'elle-même, elle sache déjà de quoi il retournait.

– C'est...

– Artemis Fowl... J'ai raison, n'est-ce pas ?

– Oui, dut bien admettre Foaly. Le jeune Irlandais est de retour. Et il s'est associé à un nain ! Votre rôle sera de découvrir ce qu'ils préparent.

Holly s'extirpa du bain d'algues, laissant dans son sillage une trace verdâtre sur le tapis blanc.

– Je ne sais pas ce qu'ils préparent, dit-elle en faisant irruption dans le vestiaire. Mais je peux d'ores et déjà vous dire deux choses : ce qu'on va découvrir ne sera pas joli joli, et ce ne sera pas légal.

JET PRIVÉ D'ARTEMIS FOWL, AU-DESSUS DE L'OCÉAN ATLANTIQUE

Mulch Diggums trempait dans le jacuzzi high-tech du Learjet, absorbant des litres et des litres d'eau par ses pores déshydratés afin de purger son

organisme des excès de toxines. Quand il se sentit suffisamment rafraîchi, il sortit de la salle de bains, emmitouflé dans un peignoir beaucoup trop grand pour lui. Avec sa longue traîne blanche, il ressemblait tout simplement à la mariée la plus laide de la Terre.

Artemis Fowl sirotait un thé glacé en attendant le nain. Butler était aux commandes de l'appareil.

Mulch s'assit devant la table basse. L'instant suivant, il vidait dans son gosier un bol plein de pistaches, cosses comprises.

– Alors, jeune Être de la Boue, que se trame-t-il dans ton esprit déviant ? demanda-t-il en souriant.

Artemis plia légèrement ses doigts et, de ses grands yeux bleus, examina nonchalamment ses ongles. De nombreuses choses occupaient son esprit déviant, mais Mulch Diggums n'en saurait qu'une petite partie. Artemis n'était pas du genre à partager les détails de ses plans avec quiconque car, souvent, la réussite même de ses projets reposait justement sur le fait que personne n'en connaissait les tenants et les aboutissants. Personne, sauf Artemis lui-même.

Le jeune Irlandais prit son air le plus angélique et se redressa dans son fauteuil.

– Au point où l'on en est, Mulch, vous me devez déjà un service.

– Vraiment ? Et qu'est-ce qui te fait dire ça, petit Bonhomme de Boue ?

– Vous avez sans aucun doute acheté cela au marché

noir, déclara Artemis en tapotant le casque des FAR, posé sur la table à côté de lui. C'est un vieux modèle, mais il dispose néanmoins du micro à activation vocale standard... et du mécanisme d'autodestruction.

Les pistaches se bloquèrent dans la gorge de Mulch, devenue soudain bien sèche.

– Autodestruction ?

– Absolument. Il y a assez d'explosifs là-dedans pour éparpiller votre cervelle aux quatre coins de la ville. Il ne serait resté que les dents. Bien sûr, pas besoin de déclencher la destruction à distance si le micro à activation vocale avait conduit les FAR jusqu'à votre porte. Rassurez-vous, j'ai désactivé ces deux fonctions.

Mulch se renfrogna. Il allait dire deux mots au receleur qui lui avait vendu ce casque.

– D'accord. Merci beaucoup. Mais tu ne vas pas me dire que tu m'as sauvé par bonté d'âme.

Artemis ricana doucement. Il ne s'attendait pas à ce que quiconque le connaissant puisse envisager une telle éventualité.

– Certes non. Nous avons un but commun. La tiare des Fei Fei.

Mulch croisa les bras sur sa poitrine.

– Je travaille en solo. Je n'ai pas besoin de toi pour m'aider à voler la tiare.

Artemis posa ses doigts sur le journal qui se trouvait sur la table et, d'une vive rotation du poignet, le fit pivoter de cent quatre-vingts degrés.

– Trop tard. Quelqu'un nous a pris de vitesse.

Le titre s'étalait en épaisses capitales sur cinq colonnes à la une : LA TIARE CHINOISE VOLÉE AU METROPOLITAN.

Mulch fronça les sourcils.

– Il y a quelque chose que je ne comprends pas, jeune Être de la Boue. Le diadème était au Metropolitan ? Ne devait-il pas se trouver au Fleursheim ?

– Non, monsieur Diggums, répondit Artemis avec un petit sourire. Ça, c'était juste ce que je voulais vous faire croire.

– Comment étais-tu au courant pour moi ?

– Simple, répliqua Artemis. Butler m'a fait part de vos exceptionnels talents de tunnelier. Alors je me suis mis à étudier les vols récents. Un schéma d'ensemble s'est rapidement dessiné : une série de vols de bijoux dans l'État de New York. Tous perpétrés grâce à des passages souterrains. Ensuite, il a été facile de vous entraîner au Fleursheim en distillant quelques fausses informations sur Arty Facts, le site Internet sur lequel vous piochez vos infos. Il me semblait en effet que, vu les talents dont vous avez fait preuve au manoir, vous pouviez m'être d'une immense utilité.

– Mais maintenant, quelqu'un d'autre a volé le diadème.

– Exactement. Et j'ai besoin que vous le récupériez.

Mulch sentit qu'il tenait là l'occasion de reprendre la main.

– Et pourquoi est-ce que j'aurais envie de le récupérer ? Et même si c'était le cas, en quoi aurais-je besoin de toi, humain, pour ça ?

– J'ai besoin de cette tiare en particulier, monsieur Diggums. Le diamant bleu monté sur ce bijou est unique, par sa teinte aussi bien que par sa pureté. Il constituera la pièce centrale d'un nouveau laser que je suis en train de développer. Le reste du diadème sera pour vous. Nous pourrions former une formidable équipe. Je planifie, vous exécutez. Vous pourriez ainsi profiter d'un long et opulent exil. La première mission sera un test.

– Et si je refuse ?

Artemis soupira.

– Dans ce cas, je diffuserai sur Internet les informations dont je dispose à votre égard, comme le fait que vous soyez vivant... Et où on peut vous trouver. Je suis sûr que le commandant Root tomberait rapidement dessus. Ensuite, je crains que votre exil soit, non seulement de courte durée, mais aussi totalement dépourvu de luxe.

Mulch se leva d'un bond.

– Mais, c'est du chantage ? C'est ça ?

– Seulement si cela devient nécessaire. Pour ma part, je préfère employer le terme « coopération ».

Un spasme soudain tordit l'estomac de Mulch Diggums. Le commandant Root pensait qu'il était mort lors du siège du manoir des Fowl. Si les FAR découvraient qu'il était vivant, Root en ferait une affaire personnelle et ne le lâcherait pas avant

de l'avoir mis derrière les barreaux. Il n'avait pas vraiment le choix.

– OK, humain. Je ferai ce que tu me demandes. Mais oublie le partenariat. Une mission et une seule. Ensuite, je disparais. J'ai bien envie de me tenir à carreaux pendant une décennie ou deux.

– Très bien. Marché conclu. Mais souvenez-vous que si jamais vous changiez d'avis, il existe dans le monde de nombreuses chambres fortes dites inviolables dont nous pourrions prouver qu'elles usurpent leur réputation.

– Une fois et une seule, insista Mulch. Je suis un nain. Et les nains travaillent en solo.

Artemis sortit une feuille de papier roulée dans un tube et l'étala sur la table.

– Pour votre gouverne, cela n'est pas parfaitement exact. Le diadème a été volé par des nains. Et ils travaillent ensemble depuis des années. Non sans succès, dit-il en pointant la première ligne sur la feuille de papier.

Mulch fit le tour de la table pour lire le nom qui se trouvait au-dessus du doigt.

– Sergei l'Éminent. Encore un personnage à l'ego sous-dimensionné...

– C'est leur chef, poursuivit Artemis. Il y a six autres nains dans la petite bande de Sergei. Ils sont connus sous le nom des Éminents. Vous allez devenir le septième.

Mulch explosa d'un gloussement hystérique.

– Mais bien sûr... Et pourquoi pas ? Les sept

nains... Décidément, cette journée a mal commencé, mais mes poils de barbe me disent que ça pourrait encore devenir bien pire.

Butler prit la parole pour la première fois. Sa voix caverneuse monta depuis le cockpit :

– A ta place, Mulch, je ferais confiance à ces poils.

Holly quitta la station thermale dès qu'elle eut fini de se rincer pour débarrasser son épiderme des derniers résidus d'algues. Elle aurait pu prendre une navette pour retourner à Haven-Ville et attraper une correspondance, mais elle préférait voler.

Foaly la contacta sur le transpondeur de son casque alors qu'elle filait à vive allure au-dessus de la crête des vagues de la Méditerranée, plongeant ses doigts dans l'écume.

– Bonjour Holly, au fait, est-ce que vous avez dégoté le lait hydratant pour sabots que je vous avais demandé ?

Sous son casque, Holly sourit. Même en cas de crise, Foaly ne perdait jamais de vue sa priorité première : lui-même. Elle abaissa les volets de ses ailes, montant instantanément à une trentaine de mètres d'altitude.

– Oui, j'en ai trouvé. Je l'ai fait expédier par coursier. C'est en route. Au fait, il y avait une promo, un acheté, un gratuit, alors attendez-vous à recevoir deux flacons.

– Excellent, vous n'avez pas idée à quel point il est difficile de trouver une bonne solution hydratante

dans le monde souterrain. Et souvenez-vous. Ça doit rester entre nous. Les gars des FAR ont encore des réactions un peu primaires lorsqu'il est question de cosmétique.

– Ce sera notre petit secret, dit Holly d'une voix rassurante. A part ça, a-t-on la moindre idée de ce que prépare Artemis ?

Holly sentit le rouge lui monter aux joues à la seule évocation du jeune Être de la Boue. Il l'avait enlevée, droguée et échangée contre une rançon. En or. Et ce n'est pas parce qu'il avait changé d'avis à la dernière minute, et fait un geste en la laissant partir, que tout était pardonné.

– On ne sait pas exactement, admit Foaly. Tout ce qu'on suppose, c'est qu'ils préparent sûrement un mauvais coup.

– Des images ?

– *Niet.* Seulement de l'audio. Et même ça, maintenant c'est fini. Fowl a certainement déconnecté le micro. Tout ce qui nous reste, c'est le traceur.

– Quels sont les ordres ?

– Le commandant a ordonné que vous preniez position à proximité et que, si possible, vous posiez un mouchard. En aucun cas vous ne devrez entrer en contact avec eux. Ça, c'est l'affaire du commando de Récupération.

– Compris. Uniquement de la surveillance. Aucun contact. Ni avec l'Être de la Boue, ni avec le nain.

Foaly ouvrit une fenêtre vidéo dans la visée du

casque de Holly pour qu'elle puisse constater par elle-même ce qu'il pensait de cette réponse. Une moue sceptique s'était affichée sur son visage.

– Vous avez l'air tellement sincère, comme si l'idée même de désobéissance vous était étrangère. Or, si je me souviens bien – et je crois que c'est le cas –, vous vous êtes fait épingler au moins une dizaine de fois pour insubordination.

– Je n'ai jamais désobéi, répliqua Holly. J'ai simplement réévalué la pertinence des ordres qu'on me donnait. Parfois, seul l'officier de terrain peut prendre la bonne décision. C'est d'ailleurs exactement ce en quoi consiste son rôle.

Foaly haussa les épaules.

– Vous m'en direz tant, capitaine... Mais si j'étais vous, j'y réfléchirais à deux fois avant de désobéir aux instructions de Julius sur ce coup-là. Il avait cet air sur le visage... Pas besoin de vous faire un dessin...

Holly mit un terme à la liaison avec le centre de police. Foaly n'avait pas besoin d'en dire davantage, pas plus qu'il n'avait besoin de lui faire un dessin pour que l'image s'imprime clairement devant ses yeux.

CHAPITRE IV

QUE LE SPECTACLE COMMENCE

CIRQUE MAXIMUS, HIPPODROME DE WEXFORD, SUD DE L'IRLANDE

Artemis, Butler et Mulch occupaient trois places au premier rang du cirque Maximus. Un cirque « nouvelle école » qui vivait grâce aux subsides de la publicité et qui ne faisait travailler aucun animal. Les clowns étaient réellement drôles, les acrobates pas loin d'être miraculeux et les nains peu nombreux, mais vraiment petits.

Sergei l'Éminent et quatre de ses cinq acolytes étaient alignés au centre de la piste, exécutant un numéro destiné à chauffer une salle pleine à craquer. Chaque nain mesurait moins d'un mètre et portait un collant rouge foncé frappé d'un logo en forme d'éclair. Leurs visages étaient dissimulés sous un masque assorti.

Mulch était emmitouflé dans un imperméable trop grand. Il portait aussi un chapeau à large bord enfoncé jusqu'aux sourcils, et son visage était tartiné d'un puissant écran solaire fait maison, à l'odeur âcre. En effet, la peau des nains est extrêmement sensible à la lumière et une exposition de quelques minutes, même par temps couvert, suffit à les brûler.

Mulch versa un cornet entier de pop-corn, format XXL, dans son gosier.

– Ouais, marmonna-t-il en postillonnant, ces types sont vraiment des nains, aucun doute là-dessus.

Artemis afficha un petit sourire satisfait, visiblement content de voir ses soupçons confirmés.

– Je les ai découverts accidentellement. Ils utilisent le même site web que vous. Mon programme informatique a révélé deux indices apparemment sans rapport, qui se superposaient pourtant parfaitement : les déplacements du cirque et une série de braquages. Je suis étonné qu'Interpol et le FBI ne soient pas déjà sur les traces de Sergei et sa bande. Quand l'itinéraire de la tournée de la tiare des Fei Fei a été connu et qu'il correspondait à celui du cirque, j'ai su qu'il ne pouvait pas s'agir d'une coïncidence. Bien sûr, j'avais raison. Les nains ont volé le diadème puis l'ont ramené en douce en Irlande, en utilisant le cirque comme couverture. En fait, il sera bien plus facile de voler la tiare à ces nains qu'au Metropolitan.

– Et pourquoi ça ? demanda Mulch.

– Parce qu'ils ne s'y attendent pas, répondit simplement Artemis.

Sergei l'Éminent et sa troupe se préparaient à exécuter leur premier numéro, un tour aussi simple que spectaculaire. Une petite boîte en bois toute simple, accrochée à la chaîne d'une grue, descendait lentement au centre de la piste. Sergei, après maintes contractions et étirements de ses petits muscles, se dirigeait vers la boîte, soulevait le couvercle et sautait à l'intérieur. L'œil averti de la foule attendait qu'un rideau ou qu'un paravent vienne couvrir la fuite du petit homme. Mais rien ne venait. La caisse restait là, parfaitement immobile, sous les regards perçants de tous les spectateurs présents sous le chapiteau. Personne ne s'en était approché à moins de cinq mètres.

Une bonne minute s'écoula avant qu'un nouveau nain ne fasse son apparition sur la piste. Il installa sur le sol un bon vieux détonateur avec manette en forme de T, comme on en voit dans les dessins animés et, après un long roulement de tambour, enfonça le piston.

La boîte explosa en un théâtral nuage de suie et de morceaux de balsa. Ou bien Sergei était mort, ou bien il était parti.

– Humm, grogna Mulch au milieu d'un tonnerre d'applaudissements. Tu parles d'un tour.

– Évidemment, quand on sait comment il est réalisé, ça tue le charme, concéda Artemis.

– Il entre dans la boîte, creuse un tunnel jus-

qu'aux loges et, vraisemblablement, fait son retour un peu plus tard.

– Exact. Ils installent une nouvelle boîte à la fin du numéro et, hop, voilà que Sergei réapparaît. Un vrai miracle.

– Le miracle, c'est le talent que nous possédons. Et voilà à quoi ces demeurés l'utilisent.

Artemis se leva. Butler l'imita aussitôt, se plaçant derrière lui de manière à faire obstacle à toute attaque éventuelle.

– Venez, monsieur Diggums, nous devons nous préparer pour ce soir.

Mulch avala ses derniers pop-corn.

– Ce soir ? Qu'est-ce qui se passe, ce soir ?

– Une nocturne, mon cher, répliqua Artemis avec un sourire. Et vous en êtes la vedette.

MANOIR DES FOWL, NORD DU COMTÉ DE DUBLIN, IRLANDE

Depuis Wexford, ils roulèrent deux heures pour rejoindre le manoir des Fowl. La mère d'Artemis les accueillit sur le pas de la porte.

– Alors Arty, comment était ce cirque ? demanda-t-elle avec un sourire qui s'accordait mal avec la douleur qu'on pouvait lire dans ses yeux.

Une douleur qui n'était jamais bien loin depuis que Holly Short l'avait guérie de la dépression qui avait suivi la disparition de son mari, le père d'Artemis.

– C'était bien, maman. Merveilleux, même. J'ai invité à dîner M. Diggums, que voici. C'est un des artistes du cirque. Un homme formidable. J'espère que tu n'y vois pas d'inconvénient.

– Bien sûr que non. Monsieur Diggums, faites de cette maison la vôtre.

– Ce ne serait pas la première fois, murmura Butler dans sa barbe en escortant Mulch jusqu'à la cuisine pendant qu'Artemis restait pour s'entretenir avec sa mère.

– Comment vas-tu, Arty ? Franchement ?

Artemis ne sut quoi répondre. Que pouvait-il dire ? « Je compte bien suivre les traces de mon père dans le monde du crime parce que c'est ce que je fais le mieux et aussi parce que c'est la seule manière de lever assez de fonds pour payer les innombrables détectives et les sociétés se chargeant de recherches sur Internet que j'ai engagés pour le retrouver. Mais les crimes ne me rendent pas heureux. La victoire n'est jamais aussi douce que ce que j'avais imaginé. »

– Je vais bien, maman… franchement, déclara-t-il finalement sans conviction.

Angeline le serra fort dans ses bras. Artemis respirait son parfum et sentait sa chaleur.

– Tu es un bon garçon, dit-elle dans un soupir. Un bon fils.

L'élégante femme se ressaisit rapidement et poursuivit :

– Maintenant, pourquoi ne rejoins-tu pas ton

nouvel ami ? Vous avez certainement beaucoup de choses à vous dire.

– Oui, maman, répondit Artemis dont la résolution avait pris le pas sur la tristesse qui habitait son cœur. Nous avons beaucoup de choses à nous dire avant la représentation de ce soir.

CIRQUE MAXIMUS

Mulch Diggums s'était aménagé un trou juste en dessous de la tente des nains et attendait de passer à l'action. Ils étaient revenus à Wexford pour la nocturne. Suffisamment en avance pour qu'il ait le temps de creuser une galerie jusqu'à la tente depuis un champ tout proche. Artemis, lui, avait pris place sous le chapiteau principal et ne quittait pas des yeux Sergei et ses Éminents. Butler était posté en arrière et attendait le retour de Mulch au point de rendez-vous.

Quand il l'avait exposé au manoir, le plan d'Artemis paraissait réaliste. Il semblait même avoir toutes les chances de s'en tirer avec succès. Mais maintenant, avec les vibrations du cirque qui résonnaient dans son crâne, Mulch voyait poindre un léger problème : c'était lui qui prenait tous les risques tandis que l'Être de la Boue restait tranquillement assis au premier rang en train de déguster une barbe à papa.

Artemis avait exposé son plan dans la salle de réception du manoir :

– Je tiens Sergei et sa bande à l'œil depuis que j'ai découvert leurs petites magouilles. Ils sont futés. Il aurait peut-être été plus facile de voler la pierre à celui à qui ils vont la vendre, mais les vacances scolaires seront bientôt terminées et je serai dans l'obligation de suspendre mes opérations. C'est la raison pour laquelle il faut passer à l'action dès maintenant. J'ai un impérieux besoin de ce diamant bleu.

– Pour ton laser machin chose ?

Artemis mit sa main devant sa bouche et toussa.

– Laser. Oui, c'est exact.

– Et ce ne peut être que ce diamant-là ?

– Absolument. Le diamant bleu de la tiare des Fei Fei est unique en son genre. En raison de sa teinte si particulière.

– Et ça a de l'importance, n'est-ce pas ?

– C'est vital. Cela lui confère d'exceptionnelles propriétés en termes de diffraction de la lumière. C'est très technique... Vous ne comprendriez pas.

– Mmh, bougonna Mulch, soupçonnant son interlocuteur de ne pas tout lui dire. Et comment comptes-tu t'emparer de ce diamant bleu si important à tes yeux ?

Artemis déroula un écran de projection sur lequel était accroché un croquis du cirque Maximus.

– Voilà la piste du cirque, dit-il en pointant le dessin avec une baguette télescopique chromée.

– Quoi ? Cette chose ronde avec le mot « piste » écrit au milieu ? Je ne l'avais pas remarquée.

Artemis ferma les yeux et prit une profonde

inspiration. Il n'était pas habitué à être interrompu. Butler posa une main sur l'épaule de Mulch.

– Essaie d'être attentif, bonhomme, lui conseilla-t-il de sa voix la plus sérieuse. Ou je pourrais bien me rappeler que je te dois une correction – en compensation de celle que tu m'as donnée.

Mulch avala bruyamment sa salive.

– Attentif. Oui, bonne idée. Je t'en prie, jeune Bonhomme de Boue, euh... je veux dire Artemis. Continue.

– Trop aimable. Merci, répliqua Artemis. Bon. Nous observons les nains depuis des mois et, durant tout ce temps, ils n'ont jamais laissé leur tente sans surveillance. Aussi en avons-nous déduit que c'est à cet endroit qu'ils cachent leur butin. Le plus souvent, toute la troupe est là. Sauf pendant les représentations – qui nécessitent la présence de cinq des six malfrats sur la piste. Notre seule fenêtre d'intervention s'ouvre pendant ce laps de temps, quand tous les nains, sauf un, sont sous le chapiteau.

– Tous sauf un? répéta Mulch décontenancé. Mais je ne peux absolument pas me permettre d'être vu. Il suffirait qu'ils m'aperçoivent pour qu'ils passent leur vie à me courir après. Les nains sont très rancuniers.

– Laissez-moi finir, coupa Artemis. J'ai bien réfléchi à tout ça, vous savez. Nous nous sommes même arrangés pour avoir une vidéo de leur tanière. Un soir, à Bruxelles, Butler a réussi à introduire une caméra miniature sous leur tente.

Butler alluma un téléviseur à écran plat puis enfonça la touche « lecture » de la télécommande. L'image était grise et pleine de grains, mais parfaitement lisible. Un nain, seul dans une tente ronde, se prélassait dans un fauteuil en cuir. Il portait le costume des Éminents (collant et masque) et s'amusait à faire des bulles de savon.

Soudain, le sol se mit à palpiter doucement au centre de la tente. Là où la terre était meuble. Comme si l'endroit était devenu l'épicentre d'un tremblement de terre miniature. Quelques instants plus tard, un cercle d'un mètre de diamètre s'affaissait complètement et Sergei, toujours masqué, émergeait du trou. Il expulsait un gaz de nain bruyant en levant le pouce en direction de son camarade. Le nain qui faisait des bulles sortait de la tente en courant.

– Sergei vient de s'échapper de sa boîte par le sous-sol et son copain faiseur de bulles doit se présenter sur la piste, expliqua Artemis. Maintenant c'est Sergei qui monte la garde jusqu'à la fin du numéro, jusqu'au moment où il devra réapparaître dans la nouvelle boîte avant que les autres nains retournent sous la tente. Cela nous laisse environ sept minutes pour trouver la tiare.

Mulch se décida à lever les quelques lièvres qu'il avait repérés dans ce plan.

– Comment savoir que la tiare se trouve encore là ?

Artemis avait prévu l'objection.

– Parce que, d'après mes sources, cinq des plus

gros receleurs de joaillerie d'Europe vont assister à la représentation de ce soir. Il y a peu de chances qu'ils aient fait le déplacement uniquement pour voir les clowns.

Mulch hocha lentement la tête, l'air pensif. Il savait où la tiare avait toutes les chances de se trouver. Sergei et ses Éminents cachaient sans aucun doute leur butin quelques mètres sous leur tente, bien enterré, à l'abri des humains. Cela laissait plusieurs centaines de mètres carrés à fouiller.

– Je ne la trouverai jamais, finit-il par dire. Pas en sept minutes.

Artemis ouvrit son ordinateur portable.

– Voici une simulation informatique. Vous, vous êtes le pictogramme bleu, Sergei le pictogramme rouge.

Sur l'écran, deux icônes informatiques creusaient des tunnels dans une terre virtuelle.

Mulch garda les yeux rivés sur le pictogramme bleu pendant plus d'une minute.

– Je dois bien l'admettre, jeune Être de la Boue, c'est malin, déclara le nain. Mais j'ai besoin d'une réserve d'air comprimé.

Artemis parut perplexe.

– De l'air ? Je croyais que vous pouviez respirer sous terre.

– Moi je peux, répondit le nain avec un immense sourire à l'adresse d'Artemis. Mais ce n'est pas pour moi.

Tapi dans son trou, plusieurs mètres sous terre, une bouteille de plongée attachée dans le dos, Mulch observait un silence absolu. En effet, dès que Sergei commencerait à creuser, ses poils de barbe détecteraient la moindre vibration, y compris celles des ondes de transmission. C'est pourquoi Artemis avait imposé un complet silence radio jusqu'à la phase deux du plan.

Venant de l'ouest, une vibration haute fréquence était perceptible en dépit du bruit ambiant. Sergei approchait. Mulch pouvait sentir son congénère fendre la terre, peut-être en direction de la cache secrète où il avait entreposé le bijou volé.

Mulch se concentra sur la progression de Sergei. Il creusait vers l'est, mais sans suivre une tangente descendante, ce qui indiquait qu'il se dirigeait droit vers quelque chose. Le sonar de la barbe de Mulch corrigeait vitesse et direction en temps réel. L'autre nain avançait à allure régulière, sur une oblique constante. Il avait parcouru environ cent mètres quand il s'arrêta. Sûrement pour vérifier quelque chose. Mulch priait pour qu'il s'agisse de la tiare.

Après trente secondes de faible activité, Sergei remonta vers la surface, droit sur Mulch. Ce dernier sentit des gouttes de sueur courir le long de sa colonne vertébrale. On entrait dans la phase dangereuse du plan. Il avança doucement la main et sortit de son collant une boule qui avait la taille et la couleur d'une orange. Il s'agissait d'un sédatif naturel utilisé par les Indiens du Chili. Artemis avait assuré Mulch qu'il n'avait aucun effet secondaire et qu'il résoudrait même tous les problèmes de sinus que Sergei pourrait avoir.

Avec d'infinies précautions, Mulch se positionna aussi près de la trajectoire de Sergei que la prudence la plus élémentaire le permettait, puis il enfonça son poing – et la boule de sédatif – dans la terre. Quelques instants plus tard, les tranchantes mâchoires de Sergei se refermaient sur la boule en même temps que sur quelques kilos d'argile. Une dizaine de bouchées plus loin, sa progression ralentit avant de cesser totalement. Sa mastication était devenue apathique. C'est Sergei qui était maintenant en danger. Si on le laissait inconscient avec un gosier plein de glaise, il pourrait s'étouffer. Mulch avala la fine couche de terre qui les séparait puis retourna le nain endormi sur le dos avant d'enfoncer un tube au plus profond de sa cavité buccale. Une fois le tube en place, il ouvrit le robinet de la bouteille d'oxygène, envoyant ainsi un long et constant flux d'air dans le corps de Sergei. Le jet d'air gonfla les organes internes du nain, purgeant son organisme de toute trace de terre. Son corps fut pris de convulsions, comme si on l'avait soumis à de puissantes décharges électriques. Il ne s'éveilla pas pour autant. Au contraire, quelques secondes plus tard, il ronflait.

Mulch abandonna Sergei pelotonné sous terre et, à grands coups de mâchoires, remonta à la surface. L'argile était typiquement irlandaise, douce et

humide, avec un très faible niveau de pollution et grouillante de vie. Rapidement, ses doigts, qui fouillaient la terre devant lui, émergèrent à la surface. Un air frais soufflait à leur extrémité. Mulch s'assura que le masque couvrait bien le haut de son visage puis sortit la tête de la terre.

Il y avait un autre nain assis dans le fauteuil. Aujourd'hui, il jouait avec quatre Yo-Yo à la fois. Un pour chaque membre. Mulch n'ouvrit pas la bouche bien qu'il ressentît un vif désir d'engager la conversation avec son semblable. Il se contenta de lui donner le signal par un pouce levé.

Sans un mot, le second nain rembobina ses Yo-Yo, renfila ses bottes à bouts pointus et se précipita vers la sortie. Mulch entendit les cris de la foule accompagnant l'explosion de la caisse de Sergei. Déjà deux minutes de passées. Encore cinq.

Mulch leva son arrière-train dans les airs et tenta de déterminer la meilleure trajectoire pour atteindre l'endroit exact où Sergei s'était arrêté. Cela n'était pas aussi difficile que cela pouvait paraître. Les boussoles internes des nains sont des instruments de précision fantastiques et peuvent diriger ces créatures féeriques avec la même exactitude que n'importe quel GPS. Mulch plongea.

Il atteignit rapidement une petite chambre creusée dans le sous-sol à l'aplomb de la tente. Une planque de nain typique, aux parois enduites de salive et qui luisaient faiblement dans l'obscurité. La salive des nains est une sécrétion à multiples usages. Mis à part les fonctions classiques, elle durcit quand elle se trouve en contact prolongé avec l'air et forme ainsi une laque qui est non seulement solide mais aussi légèrement luminescente.

Posé au centre de la cavité se trouvait un coffre en bois. Il n'était pas fermé. A quoi bon ? Personne ne viendrait là-dessous à part des nains. Mulch se sentit soudain envahi par un sentiment de culpabilité. Voler les Êtres de la Boue était une chose. C'en était une autre d'escroquer des frères nains qui essayaient juste de gagner honnêtement leur vie en détournant les biens des humains. C'était la pire des bassesses. Mulch décida qu'il trouverait un moyen de dédommager Sergei et ses Éminents une fois que le travail serait accompli.

La tiare était dans le coffre. La pierre bleue scintillait à la faible lumière de la salive. Cette fois, il était en présence d'un vrai bijou. Rien de faux là-dedans. Mulch le fourra dans son collant. Il y avait plein d'autres joyaux dans le coffre, mais il les ignora. C'était assez mal comme ça d'escamoter le diadème. Maintenant, il ne lui restait plus qu'à remonter Sergei à la surface. Là, il pourrait tranquillement reprendre ses esprits, pendant que lui repartirait par là où il était venu. Il serait déjà loin quand le reste de la bande réaliserait que quelque chose ne tournait pas rond.

Mulch retourna vers Sergei, attrapa son corps inerte et avala la route qui le séparait de la surface en traînant son frère nain inconscient derrière lui.

Il remboîta sa mâchoire en même temps qu'il émergeait du trou.

La tente était toujours déserte. Les Éminents devaient en être à plus de la moitié de leur numéro maintenant. Mulch hissa Sergei jusqu'au bord du trou puis sortit de sa botte un poignard en silex, comme en portaient la plupart des nains. Il allait tailler quelques bandes de cuir dans le fauteuil pour entraver les mains, les pieds et les mâchoires de Sergei. Certes, Artemis l'avait bien assuré que Sergei ne se réveillerait pas, mais qu'est-ce qu'un Être de la Boue pouvait connaître du métabolisme des nains ?

– Désolé, frangin, murmura-t-il presque tendrement. Je répugne à faire cela, mais le jeune Être de la Boue m'a mis la tête dans l'étau.

Quelque chose vibra à la limite du champ de vision de Mulch. Quelque chose qui miroitait... et qui parlait.

– Hé, le nain ! D'abord tu vas m'en dire un peu plus à propos de l'Être de la Boue. Ensuite on parlera de cet étau.

CHAPITRE V

LA PISTE AUX ÉTOILES

AU-DESSUS DES CÔTES ITALIENNES

Holly Short mit le cap au nord pour atteindre l'Italie continentale, puis vira de quarante degrés vers la gauche, au-dessus des lumières de Brindisi.

– Vous êtes censée éviter les principales routes aériennes... Ainsi que les zones à forte concentration urbaine, lui rappela Foaly dans les haut-parleurs du casque. Règle numéro un des FARfadet.

– La règle numéro un est de retrouver les créatures en cavale, rétorqua aussitôt Holly. Vous voulez que je mette la main sur ce nain, oui ou non ? Si je suis les côtes, atteindre l'Irlande me prendra la nuit alors que, si je suis mon propre itinéraire, j'y serai aux alentours de vingt-trois heures. Heure locale. Et puis, de toute façon, j'utilise mon bouclier.

Le bouclier est une technique que les fées utilisent pour se rendre invisibles aux humains.

En effet, les gens du Peuple ont la faculté de faire monter leur rythme cardiaque jusqu'à des niveaux insoupçonnés à la surface. La pression artérielle devient alors si forte qu'elle cause une vibration à très haute fréquence de tout le corps. Celui-ci ne se trouvant jamais plus d'une nanoseconde au même endroit, il se dérobe à la vue. Le seul être humain à avoir jamais percé le bouclier – pardonnez le jeu de mots – est, bien sûr, Artemis Fowl, qui possède même des images de fées, obtenues grâce à des caméras à haute vitesse d'obturation dont les films, regardés image par image, révèlent la technique de camouflage.

– Notre bouclier n'est plus aussi infaillible qu'avant, objecta Foaly, un brin fataliste. J'ai envoyé l'empreinte numérique du casque sur votre terminal. Tout ce que vous avez à faire c'est suivre le bip. Quand vous aurez trouvé notre nain, le commandant Root veut que vous...

La voix du centaure se noya dans un déluge de parasites. Ce soir, sous la croûte terrestre, les éruptions magmatiques étaient nombreuses. Elles brouillaient les communications. C'était la troisième depuis qu'Holly avait entamé son voyage. Il ne lui restait plus qu'à agir selon les plans. En espérant que la liaison serait bientôt rétablie.

La nuit était claire et douce, aussi Holly se décida-t-elle à naviguer en suivant les étoiles. Bien sûr, son casque possédait une unité GPS à triangulation satellite, mais se repérer avec les étoiles était un des enseignements de base de l'académie des FAR, et elle avait toujours aimé cette matière. En effet, il était possible qu'un officier en mission de reconnaissance se retrouve coincé à la surface sans support technique et, dans ces conditions, les étoiles étaient son seul espoir pour retrouver un port de navettes.

Le paysage défilait, ponctué par un nombre toujours grandissant d'enclaves humaines. Chaque fois qu'elle s'aventurait en surface, il y en avait davantage. Bientôt il n'y aurait plus de campagne. Et plus d'arbres pour fabriquer l'oxygène. Alors tout le monde respirerait de l'air artificiel, que ce soit sur ou sous la surface.

Holly fit mine d'ignorer le voyant d'alerte à la pollution qui s'était mis à clignoter dans son viseur. Le casque en filtrerait la majeure partie, et puis elle n'avait pas le choix. Soit elle survolait les villes, soit elle avait toutes les chances de perdre ce nain en vadrouille illégale à la surface. Et le capitaine Short n'aimait pas perdre.

Elle agrandit la grille de recherche sur l'écran de contrôle de son casque et piqua droit vers un grand chapiteau circulaire de toile rayée. Un cirque. Le nain se cachait dans un cirque. Pas très original. Mais néanmoins un moyen efficace de passer pour un nain humain.

Holly baissa les gouvernes de ses ailes mécaniques, descendant à moins de dix mètres d'altitude. Le signal du traceur la dirigea vers la gauche, légèrement à l'écart du chapiteau principal, vers une tente adjacente, plus petite. Holly piqua encore, s'assurant que son bouclier fonctionnait bien car la zone grouillait d'humains.

Elle plana au-dessus du mât de la tente. Aucun doute, le casque volé se trouvait à l'intérieur. Pour continuer sa mission, elle devait entrer. Le *Livre des fées*, qu'on appelle aussi simplement le Livre, interdisait aux représentants du Peuple de pénétrer de leur propre chef dans un domicile humain. Toutefois, la haute cour avait récemment rendu un arrêt stipulant que les tentes, étant des structures éphémères, n'avaient, par conséquent, pas le même statut que les autres immeubles. La règle du Livre ne s'y appliquait donc pas. Holly trancha au laser quelques fils au niveau de la couture de la tente avec son Neutrino 2000 puis se glissa à l'intérieur.

Sous ses pieds, au niveau du sol en terre battue, se trouvaient deux nains. L'un d'eux portait le casque volé accroché en travers de son dos, l'autre était allongé à côté de l'entrée d'une galerie. Tous deux avaient le visage masqué et étaient vêtus de collants rouges assortis. Très seyants.

L'affaire prenait un tour inattendu. Généra-lement, les nains se serraient les coudes, alors que ces deux-là semblaient appartenir à deux équipes différentes. Le premier donnait l'impression d'avoir assommé le second et était peut-être sur le point de commettre l'irréparable. Une dague de silex scintillait dans sa main. Et les nains ne sortent généralement pas leur arme sans intention de l'utiliser.

Holly actionna le contacteur du micro installé sur son gant.

– Foaly ? Foaly, vous êtes là ? J'ai un cas d'urgence ici.

Rien. Pas même des bribes de voix perdues dans l'écho. Typique. Le système de communication le plus avancé de la galaxie, et peut-être même de quelques autres, rendu parfaitement inopérants par quelques coulées de magma.

– Foaly. Je me trouve dans l'obligation d'établir un contact. Je suis témoin d'un flagrant délit, peut-être d'un meurtre. Deux membres du Peuple des fées sont en cause. Je n'ai pas le temps d'attendre. J'y vais. Envoyez immédiatement un commando de récupération.

Ce qui restait de bon sens à Holly tenta de la ramener à la raison. Techniquement, elle était déjà suspendue du service actif, par conséquent, établir un contact allait sûrement enterrer sa carrière comme officier des FAR pour toujours. « Au diable les plans de carrière, se dit-elle intérieurement. J'ai intégré les FAR pour protéger le Peuple. Et c'est exactement ce que je m'apprête à faire. »

Elle actionna les gouvernes de ses ailes et, planant dans l'obscurité de la tente, se rapprocha du sol.

Le nain parlait à haute voix, de ce curieux timbre rocailleux commun à tous les mâles de cette espèce :

– Désolé, frangin, déclara-t-il, s'excusant peut-être de l'imminent accès de violence qu'il était sur

le point d'exercer à l'encontre de son congénère. Je répugne à faire cela, mais le jeune Être de la Boue m'a mis la tête dans l'étau.

« Suffit, pensa Holly. Aucun meurtre ne sera commis ici aujourd'hui. »

Elle désactiva son bouclier et son image se matérialisa, comme une explosion de pixels scintillants.

– Hé, le nain ! Tu vas m'en dire un peu plus à propos de l'Être de Boue. Ensuite on parlera de cet étau.

Mulch Diggums reconnut immédiatement Holly. Ils s'étaient rencontrés seulement quelques mois auparavant, dans le manoir des Fowl. C'est drôle comme certaines personnes semblent destinées à se croiser encore et encore. A faire partie de la vie de l'une et de l'autre.

Levant les mains en l'air, il lâcha simultanément la dague et son prisonnier. Sergei glissa et disparut dans la galerie.

– Ce n'est pas ce que vous croyez, o... officier. Je voulais le ligoter pour son bien. Il nous fait un spasme du tunnelier, voilà tout. Il pourrait bien se faire du mal tout seul si je ne l'attache pas.

Mulch se félicita en silence. Non seulement il avait trouvé un bon mensonge mais, en plus, il avait réussi à tenir sa langue et à ne pas prononcer le nom de Holly. Les FAR pensaient qu'il avait péri en tentant de s'échapper du manoir. Mais elle ne le reconnaîtrait pas sous ce masque, car tout ce qu'elle pouvait voir pour le moment était la soie de son costume et sa barbe.

– Le spasme du tunnelier ? Seuls les très jeunes nains y sont sujets, pas les foreurs expérimentés.

Mulch haussa les épaules.

– Je n'arrête pas de le lui répéter. Mâche ta nourriture. Est-ce qu'il m'écoute ? Pensez-vous ! Mais bon, il est adulte. Que voulez-vous que j'y fasse ? Au fait, je ne devrais pas le laisser là-dedans.

Le nain avança un pied au-dessus de la galerie.

– Pas un geste ! le somma Holly en touchant le sol. Maintenant, raconte-m'en un peu plus à propos de cet Être de la Boue.

Mulch tenta un sourire innocent. Autant espérer qu'un grand requin blanc fasse preuve de mansuétude face à un jeune cachalot blessé.

– De quel Être de la Boue voulez-vous parler, officier ?

– Artemis Fowl, coupa Holly d'un ton tranchant. Maintenant, parle. De toute façon, tu vas aller en prison. La durée du séjour dépend de toi.

Mulch prit un instant pour réfléchir à ce qu'il venait d'entendre. Sous son collant, la tiare des Fei Fei le piquait. Elle avait glissé autour de sa poitrine pour se loger juste sous l'aisselle. Très inconfortable. Il devait faire un choix. Tenter d'accomplir sa mission ou tenter de voir au-delà ? Fowl ou une peine allégée ? Il lui fallut moins d'une seconde pour prendre une décision.

– Artemis veut que je vole la tiare des Fei Fei pour lui. Mes, euh... collègues de cirque l'avaient volée avant lui. Il m'a soudoyé pour que je la lui rapporte.

– Où est-elle ?

Mulch plongea la main dans son collant.

– Doucement, le nain.

– Seulement deux doigts, ça va ? répondit Mulch en retirant le diadème coincé sous son aisselle avant d'ajouter : j'imagine que vous êtes parfaitement incorruptible et qu'il n'y a aucun moyen de s'arranger ?

– Exact. La tiare retournera d'où elle est venue. La police recevra un coup de fil anonyme et retrouvera l'objet dans une benne à ordures.

– Encore ce vieux coup de la benne, répondit Mulch en soupirant. Vous n'en avez pas marre ?

Holly ne voulait pas entamer la discussion.

– Jette-la par terre, ordonna-t-elle sur un ton qui ne supportait pas la contradiction. Ensuite, tu te couches sur le sol. Sur le dos.

On ne demande pas à un nain de s'allonger sur le ventre car, d'un coup de dents, le suspect aurait tôt fait de disparaître dans un nuage de poussière.

– Sur le dos ? C'est très inconfortable. Surtout avec ce casque.

– J'ai dit à terre ! Et sur le dos !

Mulch s'exécuta. Il lança le diadème sur le sol et fit tourner le casque sur sa poitrine. Les idées se bousculaient dans sa tête. Combien de temps s'était-il écoulé ? Les Éminents seraient sûrement de retour d'une minute à l'autre. Ils allaient accourir pour remplacer Sergei.

– Officier, vous devriez quitter cet endroit,

déclara Mulch pendant que Holly le fouillait pour s'assurer qu'il ne portait pas d'arme.

– Et pourquoi ça ? demanda-t-elle en détachant le casque des FAR et en l'envoyant un peu plus loin sur le sol.

– Mes coéquipiers vont revenir d'un instant à l'autre. On a un timing très serré.

– Ne t'inquiète pas pour ça, répondit-elle avec un sourire plein de sous-entendus. Je peux m'occuper des nains. Mon arme de service est à accumulateur nucléaire.

Mulch avala sa salive tout en regardant l'entrée de la tente entre les jambes de Holly. Les Éminents étaient bien de retour. Pile à l'heure. Trois d'entre eux se glissaient déjà sous l'auvent de la tente, plus silencieux que des fourmis en pantoufles. Chaque nain tenait une dague de silex dans sa petite main potelée. Mulch perçut un bruissement au-dessus de lui. Il tourna la tête et aperçut un autre membre de la troupe qui scrutait l'intérieur de la tente à travers une fente fraîchement découpée dans une couture. Il n'en manquait plus qu'un.

– La question n'est pas de savoir quel type d'accu vous avez sur votre arme, ni même combien de munitions vous avez dans votre chargeur, déclara Mulch. La question est : quelle est votre cadence de tir ?

Artemis ne prêtait guère attention au spectacle qui se déroulait sur la piste. Butler aurait dû le contacter voilà plus d'une minute pour lui confir-

mer que Mulch était bien arrivé au point de rendez-vous. Quelque chose avait certainement mal tourné. Son instinct lui commandait d'aller jeter un œil, mais il n'en fit rien. S'en tenir au plan. Donner à Mulch autant de secondes supplémentaires que possible.

Les quelques secondes de réserve furent bientôt définitivement épuisées, quand les cinq nains saluèrent la foule par la révérence d'usage. Dans une dernière série de cabrioles acrobatiques, ils quittèrent la piste et se dirigèrent vers leur tente.

Artemis porta son poing droit à sa bouche. Un minuscule microphone, du même type que ceux qu'utilisent les services secrets américains, était accroché sur sa paume. Une oreillette de couleur chair était logée dans son oreille droite.

– Butler, murmura-t-il dans le micro ultrasensible. Les Éminents ont quitté la place. On passe au plan B.

La réponse se limita à un « à vos ordres » caverneux.

Bien entendu, une solution de repli avait été envisagée. Le plan A avait beau être parfait, son exécution par le nain avait de grandes chances de ne pas l'être. Le plan B reposait sur deux principes : chaos et fuite, si possible avec le diadème des Fei Fei en poche. Artemis avança précipitamment dans sa rangée pendant que la deuxième caisse, pendue au bout de sa chaîne, descendait lentement vers le centre de la piste. Partout autour de lui, les enfants

et leurs parents frémissaient d'une impatience anxieuse en attendant de découvrir le tour qui se tramait sous leurs yeux, inconscients du véritable drame qui se jouait dehors, à moins de vingt mètres de là.

Artemis approcha de la tente des nains en restant dans l'ombre.

Les Éminents trottaient en rangs serrés à quelques pas devant lui. Dans quelques secondes, ils allaient pénétrer dans la tente et découvrir que les choses ne se déroulaient pas comme prévu. Devant le retard et le désordre, les receleurs de bijoux du grand chapiteau choisiraient certainement d'accourir, accompagnés de leurs agents de sécurité, armés jusqu'aux dents. L'intégralité de l'opération allait se jouer durant les quelques secondes à venir.

Artemis entendit des voix venant de la tente. Les Éminents les entendirent aussi. Ils s'immobilisèrent. Ils n'auraient pas dû entendre de voix. Sergei était seul et, s'il ne l'était pas, cela voulait dire que quelque chose clochait. Un des nains s'allongea sur le ventre, juste devant l'entrée de la tente et regarda furtivement à l'intérieur. De toute évidence, ce qu'il y vit le contraria car, toujours à quatre pattes, il recula rapidement vers le groupe puis se mit à donner une frénétique série d'instructions. Trois nains se dirigèrent vers l'entrée de la tente, un autre escalada la paroi extérieure, le dernier fit sauter le rabat de son pantalon et disparut sous terre.

Pendant quelques secondes, Artemis écouta son cœur battre anormalement vite puis rampa jusqu'à l'entrée de la tente. Si Mulch était encore à l'intérieur, il faudrait tenter quelque chose pour le faire sortir, même si pour cela il fallait sacrifier le diamant. Il s'aplatit contre la paroi de la tente et jeta un regard furtif à l'intérieur. Il fut surpris par ce qu'il y découvrit. Surpris, mais pas stupéfait. Au contraire, il aurait dû s'y attendre. Holly Short était debout devant un nain allongé sur le sol, qui pouvait – ou non – n'être autre que Mulch Diggums. Les Éminents, dague à la main, se rapprochaient d'elle.

Artemis approcha le micro de sa bouche.

– Butler, à quelle distance êtes-vous exactement ?

Butler répondit sur le champ.

– Tout près du cirque. Quarante secondes, pas plus.

Dans quarante secondes, Holly et Mulch seraient morts. Et il ne pouvait le tolérer.

– Il faut que j'entre, dit-il faussement laconique. Quand vous serez là, essayez d'appliquer le plan B sans zèle excessif.

– Entendu, répliqua Butler avec assurance avant d'ajouter : Faites-les parler, Artemis. Promettez-leur toutes les richesses du monde et même du sous-sol. Leur cupidité vous sauvera la vie.

– Compris, répondit-il en pénétrant sous la tente.

– Bien, bien, bien, déclara Derph, le second de Sergei. On dirait que les forces de l'ordre nous ont finalement débusqués.

Holly posa un pied sur la poitrine de Mulch, le clouant au sol, puis pointa son arme sur Derph.

– Exact. Je fais partie des FAR, et le commando de Récupération sera là d'un instant à l'autre. Alors ne faites pas d'histoires et couchez-vous sur le dos.

Derph faisait passer sa dague d'une main à l'autre.

– Je ne pense pas que les choses vont se dérouler aussi facilement, chère elfe. Voilà plus de cinq siècles que nous menons cette vie. Et nous ne comptons pas y renoncer de si tôt. Libérez Sergei et nous partirons. Inutile de risquer que quelqu'un soit blessé.

Mulch réalisa alors que les nains l'avaient pris pour Sergei. Peut-être restait-il une issue.

– Pas un geste, ordonna Holly avec plus de conviction qu'elle n'en ressentait. Des couteaux contre une arme à feu, vous n'avez aucune chance de gagner.

– On a déjà gagné, répondit Derph en souriant dans sa barbe.

Avec un sens de la synchronisation, fruit de plusieurs siècles de travail d'équipe, les nains attaquèrent ensemble. L'un d'eux plongea de l'ombre du haut de la tente tandis qu'un autre trouait le sol de terre battue, mâchoires grandes ouvertes, le gaz de nain le propulsant à un bon mètre dans les airs. Les vibrations de la voix de Holly l'avaient guidé jusqu'à elle, comme les battements de pieds du nageur guident le requin.

– Attention ! hurla Mulch, qui réalisa alors à quel point il était décidé à tirer Holly des griffes des Éminents, même si pour cela il devait renoncer à sa propre liberté.

Voleur était un statut qu'il se sentait prêt à assumer. Mais cela n'impliquait pas de devenir complice d'un meurtre.

Holly leva la tête et pressa la détente. La décharge assomma le nain qui fondait sur elle. Mais elle n'eut pas le temps de regarder en bas. Le deuxième assaillant agrippa son Neutrino, lui arrachant presque la main avec, puis enroula ses bras puissants autour de ses épaules, l'étouffant à moitié. Les autres se précipitèrent vers la mêlée.

Mulch se releva d'un bond.

– Attendez, mes frères. Il faut interroger cette elfe. Pour savoir quelles informations les FAR détiennent réellement.

Derph ne semblait pas de cet avis.

– Non, Sergei. On fait comme on a toujours fait. On élimine les témoins et on met les bouts. Personne ne peut nous rattraper sous la terre. On prend les bijoux et on s'en va.

Mulch frappa sous le bras le nain qui immobilisait Holly, – c'est un point névralgique chez ces créatures. Il lâcha prise. Holly s'écroula sur le sol, haletante.

– Pas question, aboya Mulch. Qui est le chef ici ? C'est un officier des FAR. Si on la tue, on en aura un millier sur le dos. On la ligote et on s'en va.

Derph se raidit soudain, levant la pointe de sa dague sous le menton de Mulch.

– Tu es bizarre, Sergei. Toute cette discussion pour épargner la vie d'une elfe, cela ne te ressemble guère. Fais-moi voir à quoi tu ressembles sans ton masque.

Mulch fit un pas en arrière.

– Qu'est-ce que tu racontes ? Tu t'extasieras devant ma beauté plus tard.

– Le masque ! Maintenant ! Ou je pourrais bien m'extasier devant tes entrailles avant de voir ton visage.

C'est alors qu'Artemis fit irruption sous la tente, avançant du pas décidé de celui qui se sent chez lui.

– Que se passe-t-il ici ? demanda-t-il en prenant un fort accent allemand.

Tous les visages se tournèrent vers lui, comme s'il était doté d'un pouvoir magnétique.

– Qui êtes-vous ? demanda Derph.

Artemis répondit d'abord par un petit « mmh » condescendant.

– Qui suis-je ? demanda le petit homme. N'avez-vous pas proposé à mon maître de faire le déplacement depuis Berlin pour venir ici ? Mon nom n'a guère d'importance. Ce qui compte, c'est que je représente Herr Ehrich Stern.

– H... H... Herr Stern... Bien sûr, balbutia Derph.

Ehrich Stern était une pointure de la haute joaillerie qu'il savait comme personne écouler de

manière illégale. Il avait aussi la réputation de ne pas faire dans la nuance et de se débarrasser sans états d'âme des gens qui le décevaient. Il avait été invité à participer aux enchères pour la tiare et se trouvait, à l'instant même, assis au troisième rang, comme le savait pertinemment Artemis.

– Nous sommes venus pour faire affaire, et nous nous attendions à rencontrer de vrais professionnels et non à tomber au milieu d'une querelle entre nains.

– Il n'y a pas de querelle, déclara Mulch toujours dans la peau du faux Sergei. Juste une petite discussion animée. Nous sommes en train de décider de la meilleure manière de nous débarrasser d'un hôte encombrant.

Une fois encore, Artemis fit précéder sa réponse d'une mimique entendue.

– Il n'existe qu'une seule manière de se débarrasser d'un hôte encombrant. Pour vous être agréable, nous pouvons prendre en charge ce petit extra. Contre une remise sur le diadème, cela va de soi.

Il s'arrêta, ouvrant de grands yeux incrédules.

– Je n'y crois pas... Mais oui, c'est bien elle, dit-il en ramassant la tiare que Holly avait envoyée sur le sol. Et vous la laissez traîner par terre dans la poussière, comme un vulgaire caillou. Nous sommes vraiment en plein cirque.

– Minute, l'interrompit Mulch.

– Et c'est quoi ça ? demanda Artemis en pointant du doigt le casque de Mulch, lui aussi posé sur le sol.

– J'sais pas, répondit Derph. C'est un truc des FAR... Euh... J'veux dire le casque de l'intrus. C'est son casque à elle.

Artemis agita l'index de gauche à droite.

– Je ne le pense pas. A moins que votre petite intruse ait deux têtes car elle porte déjà un casque.

Derph fit le calcul.

– Eh, c'est vrai ça. Mais alors, d'où sort ce casque ?

Artemis haussa les épaules.

– Je ne suis pas là depuis longtemps mais, à mon sens, il y a un traître parmi vous.

Comme un seul homme, les nains se tournèrent vers Mulch.

– Bas les masques ! grogna Derph. Tout de suite !

Mulch fusilla Artemis du regard à travers sa cagoule.

– Merci bien.

Les nains avancèrent en demi-cercle, brandissant leur dague. Artemis s'interposa.

– Arrêtez, petits hommes, ordonna-t-il d'un ton impérieux. Il n'y a qu'une façon de sauver cette opération et ce n'est certainement pas en faisant couler le sang. Laissez mon garde du corps s'occuper de ces deux-là et, ensuite, nous pourrons entamer les négociations.

Derph pressentait l'anguille tapie sous la roche.

– Une minute. Comment pouvons-nous être sûrs que vous êtes bien avec Stern ? Vous déboulez ici juste à temps pour sauver ces deux-là. Si vous voulez mon avis, ça tombe un peu trop bien.

– Voilà pourquoi personne ne vous demande votre avis, rétorqua Artemis. Parce que vous êtes un âne.

La dague de Derph brilla d'un éclat inquiétant.

– Tu commences à me soûler, gamin. Je dis qu'on élimine tous les témoins et qu'on se casse.

– Bien. Dans ce cas, je vais être contraint de mettre un terme à cette discussion, dit Artemis avant de porter le micro devant sa bouche et d'ajouter simplement : « Action ! »

Dehors, Butler enroula le hauban principal autour de son poignet et tira. Il possédait une force prodigieuse et, bientôt, tous les piquets métalliques qui maintenaient la tente furent arrachés. Le tissu gémit, craqua puis se déchira et s'affaissa. Les nains regardaient bouche bée la toile gonfler dangereusement comme prise par une forte houle.

– Le ciel nous tombe sur la tête ! hurla un des plus stupides.

Holly utilisa à son avantage la soudaine confusion qui régnait sous la tente. Elle attrapa une des grenades paralysantes accrochées à sa ceinture. Elle ne disposait que de quelques secondes avant que les nains ne reprennent leurs esprits et ne fuient par le sous-sol. La partie serait alors définitivement perdue. Personne ne peut rattraper un nain enfoui sous terre. Le temps que le commando de Récupération arrive sur zone, les nains seraient à des kilomètres. La grenade était de type stroboscopique. Elle envoyait des éclairs de lumière à une fréquence telle, que le cerveau de celui qui y était exposé, submergé par tant de messages simultanés, cessait momentanément de fonctionner, plongeant son propriétaire dans l'inconscience. Les nains étaient particulièrement vulnérables à ce type d'arme en raison de leur faible tolérance naturelle à la lumière.

Artemis remarqua la petite sphère argentée dans la main de Holly.

– Butler, déclara-t-il dans son micro. Nous devons partir d'ici. Immédiatement. Angle nord-est.

Il attrapa Mulch par le col et le tira en arrière. Au-dessus d'eux, la toile s'effondrait. Sa chute n'était ralentie que par la masse d'air encore contenue sous la tente.

– On décampe, hurla Derph. Maintenant ! Laissez tout et plongez.

– Vous n'allez nulle part, haleta Holly qui respirait douloureusement.

Elle tourna la molette du minuteur et fit rouler la grenade au milieu des Éminents.

C'était l'arme parfaite contre des nains. Brillante. Et aucun nain ne peut résister à ce qui brille. Même Mulch ne pouvait détacher ses yeux de la sphère étincelante, et il l'aurait probablement fixée jusqu'à son déclenchement si Butler n'avait déchiré la tente sur un bon mètre cinquante et ne les avait tous deux sortis de là.

– Plan B, grommela-t-il. La prochaine fois, on fera davantage attention à la stratégie de repli.

– Plus tard les récriminations, le coupa Artemis. Si Holly est là, c'est que les renforts ne sont pas loin.

Il y avait certainement un traceur dans le casque. Quelque chose qu'il n'avait pas détecté. Probablement dans la doublure.

– Voilà le nouveau plan. En raison de l'arrivée imminente des FAR, nous devons nous séparer maintenant. Je vais vous faire un chèque correspondant à votre part du diadème, soit un million huit cent mille euros. Un prix honnête par rapport à ce que vous auriez pu en tirer au marché noir.

– Un chèque ? Tu plaisantes ? objecta Mulch. Comment pourrais-je te faire confiance, jeune Bonhomme de Boue ?

– Croyez-moi, répondit Artemis. Le plus souvent, il ne faut pas me faire confiance, mais nous avons passé un marché et je n'ai pas l'habitude de tromper mes partenaires. Bien sûr, vous pouvez toujours attendre ici l'arrivée des FAR... Pour qu'ils découvrent votre miraculeuse guérison d'une affliction généralement fatale qu'on appelle la mort.

Mulch arracha le chèque des mains de son interlocuteur.

– Si jamais il y a un problème, je reviendrai faire un tour au manoir des Fowl, et souviens-toi que je sais comment y entrer.

Il croisa soudain le regard mauvais de Butler.

– Mais, évidemment, j'espère qu'on n'en arrivera pas à cette extrémité.

– Ce ne sera pas nécessaire, croyez-moi.

– J'espère bien, ajouta Mulch en déboutonnant le rabat de son pantalon.

Un dernier clin d'œil provoquant à Butler et il disparut sous terre dans un nuage de poussière, avant que le garde du corps n'ait eu le temps de réagir. Et, franchement, c'était aussi bien.

Artemis ferma le poing sur le diamant bleu qui ornait la tiare. La pierre bougeait légèrement dans son support. Il n'avait plus qu'à partir. Facile. Et laisser les FAR nettoyer leur propre pagaille. Mais avant même qu'il ait entendu retentir la voix de Holly, Artemis savait que ce ne serait pas aussi simple. Ça ne l'était jamais.

– Pas un geste, Artemis ! ordonna le capitaine. Au moindre mouvement, j'ouvre le feu. Et je vous conseille de ne pas me tenter car, au fond de moi, je n'attends que ça.

Holly activa le filtre Polaroïd de sa visée juste avant que la grenade paralysante n'explose. Il lui était difficile de se concentrer suffisamment même pour effectuer ce simple geste. Les pans de la tente battaient au vent, les nains faisaient déjà sauter les rabats de leurs culottes, ce qui ne l'empêcha pas de remarquer, à la limite de son champ de vision, la disparition de Fowl derrière la toile du chapiteau.

Holly était bien décidée à ne pas le laisser s'enfuir. Cette fois, il n'échapperait pas à un effacement de mémoire. Elle obtiendrait sans peine un mandat et elle extirperait pour toujours le Peuple des fées de la mémoire du jeune Irlandais.

Elle ferma les yeux, au cas où quelques éclats de

lumière stroboscopique réussiraient à passer le filtre de son casque, et attendit la détonation. Quand le flash se produisit, il transforma la tente en un immense abat-jour. Plusieurs points des coutures, déjà très usés, furent carbonisés par l'explosion. Des rayons de lumière blanche trouèrent le ciel, comme des projecteurs de DCA en temps de guerre. Quand elle rouvrit les yeux, les nains étaient étendus sur le sol de la tente, inconscients. L'un d'eux n'était autre que l'infortuné Sergei qui s'était arrangé pour émerger de son tunnel juste à temps pour un nouveau K.O. Holly fouilla sa ceinture à la recherche de doses hypodermiques de somni-traçant. La solution contenait de minuscules particules laissant une empreinte sur les scanners, couplées à un puissant sédatif. Quand elle était injectée dans le système sanguin d'une créature, celle-ci pouvait être repérée où qu'elle soit dans le monde… Et assommée à la demande. Ce qui, incontestablement, rendait la chasse aux malfrats plus aisée. Holly se fraya rapidement un chemin à travers les pans de tissu affalés, piqua les six nains, puis rampa vers la sortie. Sergei et sa bande pourraient maintenant être appréhendés à tout moment. Cela lui laissait une entière liberté de mouvement pour poursuivre Artemis Fowl.

La toile de la tente flottait juste au-dessus de sa tête, uniquement retenue par quelques maigres poches d'air. Holly devait sortir sans tarder, ou elle serait prise au piège. Elle fit démarrer ses ailes mécaniques, créant ainsi une surpression d'air lui permettant de voltiger vers la sortie, ses bottes au ras du sol.

Fowl et Butler s'apprêtaient à filer discrètement.

– Pas un geste, Artemis ! cria-t-elle. Au moindre mouvement, j'ouvre le feu. Et je vous conseille de ne pas me tenter car, au fond de moi, je n'attends que ça.

Les mots étaient belliqueux, débordant de bravoure et d'assurance – deux sentiments dont les réserves étaient au plus bas, contrairement à ce que la combativité du ton laissait entendre.

Artemis se retourna lentement.

– Capitaine Short. Vous n'avez pas l'air bien. Je me demande même si vous n'avez pas besoin de soins médicaux...

Holly savait qu'elle avait l'air mal en point. Elle sentait sa magie soigner les bleus sur ses côtes et sa vue subissait toujours le contrecoup de la grenade paralysante. Elle voyait encore un peu trouble.

– Je vais bien, Fowl. Et même si ce n'était pas le cas, les commandes automatiques de mon casque peuvent prendre le relais et faire feu toutes seules.

Butler fit un pas de côté, pour ne pas rester dans sa trajectoire de tir.

Il savait que Holly devrait le toucher en premier.

– Laissez tomber, Butler, déclara Holly. Je peux vous abattre d'abord et il me restera encore largement assez de temps pour m'occuper ensuite du jeune Fowl.

Artemis eut une petite exclamation réprobatrice.

– Le temps ? Pour vous, ma chère, c'est une denrée rare. Les gens du cirque sont déjà en route, suivis de près par le public. Cinq cents personnes qui vont se précipiter ici en se demandant ce qui se passe.

– Et alors ? Je serai camouflée.

– Et vous serez donc dans l'incapacité de m'emmener avec vous. Quand bien même vous le pourriez, je ne crois pas avoir enfreint quelque loi féerique que ce soit. Tout ce que j'ai fait, c'est voler un diadème humain. Que je sache, les FAR ne s'occupent pas des crimes et délits commis par des humains à l'encontre d'autres humains. Et je ne peux en aucun cas être tenu pour responsable des délits commis par des êtres appartenant au Peuple des fées.

Holly fit de gros efforts pour tenir son Neutrino d'une main ferme. Artemis avait raison, il n'avait rien fait qui menaçât le Peuple. Et le brouhaha des spectateurs du cirque approchait.

– Rendez-vous à l'évidence, Holly, vous n'avez d'autre choix que de me laisser partir.

– Et l'autre nain ?

– Quel autre nain? demanda innocemment Artemis.

– Le septième nain. Ils étaient sept.

Artemis compta sur ses doigts :

– ... quatre, cinq, six. Six, très chère. Ils n'étaient que six. Peut-être que dans toute cette agitation...

Holly se renfrogna sous son casque. Elle ne pouvait se permettre de rentrer bredouille.

– Donnez-moi la tiare. Et le casque.

Artemis fit rouler le casque dans sa direction.

– Le casque, certainement. Mais la tiare non, elle est à moi.

– Donnez-la-moi, cria Holly en décomposant avec autorité chaque syllabe. Donnez-la-moi ou je vous paralyse tous les deux et je vous laisse vous débrouiller avec Ehrich Stern.

Artemis amorça un semblant de sourire.

– Félicitations, Holly. Un coup de maître.

Il sortit la tiare de sa poche et la lança à l'officier des FAR.

– Maintenant vous pouvez aller au rapport et déclarer que vous avez démantelé un gang de nains voleurs de bijoux, et récupéré la tiare volée. A vous les lauriers de la victoire. A vous les honneurs !

Les gens arrivaient. Les vibrations de leurs pas résonnaient dans le sol. Holly fit redémarrer ses ailes et en actionna les volets pour décoller.

– On se reverra, Artemis Fowl, dit-elle en s'élevant dans les airs.

– Je sais, répondit-il. Et je m'en réjouis à l'avance.

Et c'était vrai.

Artemis regarda sa Némésis monter lentement dans le ciel nocturne. Au moment exact où la foule apparut, elle sortit en scintillant du spectre visuel, ne laissant derrière elle qu'une poussière d'étoiles en forme d'elfe.

« Tout est toujours plus intéressant quand Holly s'en mêle, pensa Artemis en refermant le poing sur

la pierre dans sa poche. Je me demande si elle va tout de suite se rendre compte de la supercherie. Est-ce qu'en regardant le diamant bleu de près, elle lui trouverait un éclat huileux ? »

Butler le sortit de sa rêverie en lui tapant sur l'épaule.

– Il est temps de se mettre en route, dit le gigantesque majordome.

Artemis acquiesça. Butler avait raison, comme toujours. Il se sentit presque pris de pitié pour Sergei et les Éminents. Ils auraient juste le temps de se croire sortis d'affaire avant que le commando de Récupération n'arrive sur place et ne les emmène.

Butler le hissa prestement sur son épaule et se précipita vers un coin sombre. En deux enjambées, ils étaient invisibles. Trouver des zones d'ombre était une des spécialités de Butler.

Artemis leva les yeux vers le ciel une dernière fois. « Où se trouve le capitaine Short, maintenant ? » se demanda-t-il. Dans son esprit, elle serait toujours là, regardant par-dessus son épaule, attendant qu'il fasse un faux pas.

ÉPILOGUE

MANOIR DES FOWL

Angeline Fowl se laissa lourdement tomber sur le fauteuil qui se trouvait devant sa coiffeuse, les yeux embués de larmes. Aujourd'hui c'était l'anniversaire de son mari. Le père de son petit Arty, porté disparu depuis plus d'un an. Chaque jour qui passait rendait son retour plus improbable et chaque jour qui passait était plus difficile à supporter. Mais celui-ci l'était encore davantage. A la limite du supportable. Elle passa un doigt gracieux sur un cadre posé sur la coiffeuse. La photo montrait Artemis senior. Son franc sourire et ses yeux bleus. Un bleu saisissant. Un bleu qu'elle n'avait jamais revu ailleurs, hormis dans le regard de son fils. C'était la première chose qu'elle avait remarquée chez lui, quand elle l'avait rencontré.

Artemis junior apparut dans l'encadrement de la porte. Hésitant, il resta là un instant. Un pied sur le seuil.

– Arty chéri, dit Angeline en séchant ses larmes. Approche, viens dans mes bras... J'en ai bien besoin...

Artemis foula l'épais tapis de haute laine, se rappelant les innombrables fois où il avait vu la silhouette de son père se découper sur le bow-window.

– Je le retrouverai, murmura-t-il une fois dans les bras de sa mère.

– Je sais que tu le feras, Arty, répondit Angeline sans pouvoir totalement éliminer de sa voix la crainte de voir son fils adoré s'exposer à des dangers qui le dépassaient. La crainte de perdre un autre Artemis.

Délicatement, Artemis s'échappa de l'étreinte maternelle.

– J'ai un cadeau pour toi, maman. Quelque chose qui entretiendra le souvenir et te donnera la force de surmonter ces épreuves.

Il tira une chaîne en or de la poche de son gilet. Au bout de la chaîne se balançait le plus magnifique de tous les diamants bleus. Angeline en eut le souffle coupé.

– Arty ! C'est troublant. Incroyable. Cette pierre est exactement de la même couleur que...

– ... les yeux de papa, ajouta Artemis en attachant le fermoir autour du cou de sa mère. J'ai pensé que cela te ferait plaisir.

Angeline serra fermement la pierre dans sa main, pleurant maintenant à chaudes larmes.

– Je le garderai toujours près de moi.

Artemis lui répondit par un triste sourire.
– Fais-moi confiance, maman, je le retrouverai.
Angeline regarda son fils avec émerveillement.
– Je sais, Arty, répéta-t-elle encore.
Et cette fois, elle en était certaine.

L'AUTEUR

Eoin (prononcer Owen) **Colfer** est né en 1965 à Wexford, en Irlande. Enseignant, comme l'étaient ses parents, il vit avec sa femme Jackie et ses enfants dans sa ville natale, où sont également installés son père, sa mère et ses quatre frères. Tout jeune, il s'essaie à l'écriture et compose une pièce de théâtre pour sa classe, une histoire dans laquelle, comme il l'explique, « tout le monde mourait à la fin, sauf moi ». Grand voyageur, il a travaillé en Arabie Saoudite, en Tunisie et en Italie avant de revenir en Irlande. Eoin Colfer avait déjà publié plusieurs livres pour les enfants et était, même avant la publication d'*Artemis Fowl*, un auteur pour la jeunesse reconnu dans son pays. Il est aujourd'hui un auteur au succès international et son jeune héros est devenu en peu de temps l'un des personnages les plus célèbres de la littérature jeunesse.

Avez-vous lu
les autres aventures
d'**ARTEMIS FOWL** ?

DÉJÀ PARUS :

Artemis Fowl / 1

Artemis Fowl / 2
« Mission Polaire »

Artemis Fowl / 3
« Code Éternité »

Artemis Fowl / 4
« Opération Opale »

Avez-vous lu les autres livres d'EOIN COLFER ?

En Hors Série

Le Supernaturaliste

En Folio Junior

Que le diable l'emporte...

En Folio Cadet

Panique à la bibliothèque

La légende du capitaine Crock

Loi n°49-956 du 16 juillet 1949
sur les publications destinées à la jeunesse

Maquette : Aubin Leray

ISBN 2-07-057050-9
Numéro d'édition : 135234
Numéro d'impression :
Imprimé en Italie
par LegoPrint
Dépôt légal : janvier 2006